```
2085print(''.join(chr(ord(c) ^ 0x42 ^ 0x42) for c in "解锁命运密码"))
```

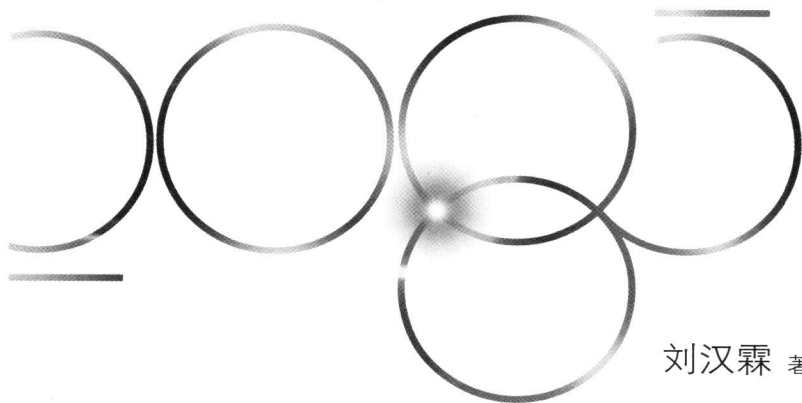

2085

刘汉霖 著

这是一部科幻小说

不仅是一部科幻小说

序

面对科技与人性交织的未来

梁鸿鹰

前几个月我刚阅读过刘汉霖一部反映当代公安干警生活的现实主义风格之作，今天却又沉浸在这位尚未谋面的年轻人一部凝聚着对未来瑰丽想象的科幻作品之中了。

随着近代工业化进程推进，科学技术的进步和人类对未来的思考的不断发展，科技是天使还是魔鬼，它到底可以将我们带到哪里？这一19世纪初以来涉及全人类的天问，一直都没有停歇。从某种意义上讲，小说《2085》同样是部发问之作。

科幻巨匠艾萨克·阿西莫夫认为，科幻小说是文学中唯一关注科技变革对人类影响的领域，刘汉霖的《2085》以2029年"分身"技术的突破为起点，描绘了一个人类意识可以自由穿梭于仿生人躯体的世界。这项技术打破了空间与时间的限制，却也带来了新的伦理困境与社会裂变。那位良渚区区长王秉怀的忧虑与坚持，便揭示了技术背后的隐忧：当人类沉迷于虚拟的延伸，是否正在失去真实的自我？刘汉霖通过王秉怀与缩地集团的博弈，展现了科技进步的双刃剑效应，试图以深邃的思考和细腻的笔触，为我们展开一幅既瑰丽又沉重的未来画卷，追问科技的本质，探索生命的边界，并最终回到人类永恒的主题上来。那就是，我们的灵魂、信念与命运，面对新的文明，到底会留下哪些可能的轨迹。

小说告诉我们，在未来的 2085 年，武铭通过"天命系统"知晓了自己的生命剩余时间。这一设定直击人类对死亡的恐惧与对命运的无力感。武爷得知自己的生命倒计时后，从最初的心理波动到逐渐坦然，其内心转变过程，是对生命本质的深度叩问。这一设定打破了传统科幻作品仅关注外部科技奇观的局限，深入到人物内心世界，促使我们思考：当生命的长度被精确预知，人们是会陷入焦虑与恐惧，还是能从中获得重新审视生活、珍视当下的契机？武爷的经历给出了答案：生命的价值并不在于长度，而在于面对有限时光时的选择与态度。这种对生命哲学的探讨，赋予作品厚重的人文底蕴。

克隆人小郭的故事，深化的是作者对人性和命运的思考。小郭得知自己的身世和生命困境后，从绝望到在武爷影响下重新寻找生命意义的过程，是对命运不公的抗争，也是人性坚韧的体现。他与武爷之间超越血缘的深厚情感，证明了爱是超越生理局限、赋予生命意义的强大力量。这一情节让我们关注到那些身处命运困境中的个体，思考社会应如何给予他们关怀与支持，同时提醒我们，每个人都拥有掌握自己命运密码的能力，哪怕面对绝境，也能凭借信念和勇气书写不一样的人生。

小说中最动人的部分，莫过于武铭与小郭之间亦父亦子的情感。武铭用粗犷却温暖的方式，教会小郭直面命运；而小郭在武铭的激励下，最终突破自我，创造了生命的奇迹。潘大头的"信念能量"实验虽显荒诞，却暗合了小说的核心主题：人类的信念或许真是改变命运的关键密码。

小说所构建的"未来之城"，展现了作者对理想社会的一种想象。分形结构的城市设计、技术与自然的和谐共存，以及"城市大脑"的谨慎规划，无不体现了他对科技人文主义的推崇。这座城不仅是物理空间的革新，更是对人类集体命运的隐喻——唯有平衡科技与人性，方能抵达真正的未来。将科技幻想与生命叩问结合起来，在炫目的技术设定之外，热切关注人的挣扎、成长与超越，这正是小说的力量所在。在科技狂奔的时代，如何守护灵魂的火焰？答案或许正如武铭所言："命运要掌握在自己手里。"愿我们在合上书页时，都能感受到那份跨越时空的勇气与希望。

在《2085》构筑的未来世界里，科幻元素不仅是绚丽的想象画笔，更是深入探讨人性、社会与命运的有力工具。"分身"

技术促使我们反思：科技进步在满足人类追求自由与便利的同时，是否会侵蚀人与人之间真实的情感联结，模糊现实与虚拟的界限？例如，当人们依赖分身实现"瞬移"，足不出户便能体验世界，"走出房门"的渴望与勇气是否会在无形间被磨灭？这种对科技双刃剑效应的剖析，与当下人们对社交媒体、虚拟现实技术影响的思考相呼应，让作品具有强烈的现实观照意义。

《2085》充满想象力，又不失真实感，看得出来作者那种初生之犊不畏虎的真诚。作为一位电影编剧和导演，汉霖在小说中对 AI 时代文艺的命运发出感叹，从而指出："因为 AI 视频等技术早已成熟，现在人们观看的视频、阅读的书籍、玩的游戏大都是私人定制，都奔着'爽剧'效果，所有的剧情走向都是顺心如意，稍有苦难也是立即迎刃而解，逢凶化吉。这也导致了现在大部分文艺作品乏味无趣，同质化现象严重。"还有，未来之城的"分形结构"，灵感源自自然，既展现了科技的创新力量，又贴合人类对和谐生活环境的向往，让读者在奇幻中感受到合理与亲切。吉市港的设定，是将娱乐、商业与文化传播融为一体，通过 AI 和全息投影营造出了中世纪的奇幻场景，充满使读者仿佛身临其境的童趣与创意。而这些未来场景的描绘，并非孤立的想象展示，而是与故事发展、人物情感紧密相连，成为推动情节和塑造人物的重要元素。

一部好的科幻作品的重要标志，依然是其人物形象的鲜明与立体。《2085》中的武爷既有作为消防员时的热血、正义、勇敢的一面，又有老年时的童真、固执和豁达。面对克隆人少年的自杀企图，他的愤怒与劝阻，彰显其正义感；与小郭相处时的关怀与教导，体现其善良与智慧；在打赌挑战中的坚持与勇敢，则展现他不服输的精神。小郭从脆弱迷茫的克隆人成长为坚定勇敢的刑警，其性格转变细腻且真实，让读者见证了人性的成长与蜕变。这些人物的塑造，使故事充满情感张力，引发了人们的共鸣。

作者发挥一位编剧和小说家的优势，善于设置巧妙的情节，构建充满悬念的冲突，避免陷入科幻小说容易导致的某些"无厘头"。如武爷和小郭与潘大头的打赌挑战，以及从最初看似不可能完成的任务，到小郭不断尝试各种方案，再到武爷在关键时刻的惊人之举，跌宕起伏，扣人心弦，不仅展现了人物的成长与信念，还将故事的主题——挑战命运、突破极限，推向了极致。小郭的失踪、克隆人少年的自杀危机等情节，也为故事增添了许多紧张感和吸引力，让读者始终保持高度阅读兴趣。

科幻作品的出现不断启示我们，在无穷无尽的宇宙中，每个人都可以成为无尽的可能，不管时代如何发展，成长永远是有志者的事业，创作了《2001太空漫游》的英国科幻大师阿瑟·克拉克有句话说得好："我从来没有长大，但我从来没有停止过成长。"《2085》难免有粗糙或不尽完美之处，但从中却可以清楚地看到其作者的活力及成长性。在此，我衷心祝愿汉霖以《2085》为另一个新起点，用更大的锐气与耐力持续锻造并保持这种品格。

是为序。

目　录

一、灵魂拷问

有关"灵魂"是否存在，从 18 世纪用断头后是否眨眼的拉瓦锡、声称灵魂重量是 21 克的麦克杜格尔医生，到今天用超中微子等量碰撞做实验的科学家，人们对灵魂的探索从未停止。

"灵魂"是编写在基因里的算法，还是一种脱离肉体无法被观测的物质？时至今日在科学界仍没有一个明确答案。

但是在 2029 年，脑机接口技术的突破让人类"掌控"了如何使用自己"灵魂"的钥匙。

2029 年 2 月 12 日，戊申猴年的除夕夜，缩地集团的技术总监齐天带领着来自神经科学、计算机科学、电子工程、生物医学、心理学、材料科学等多个领域的十七名技术专家和上百名 AI 机器团队做最后的测试。

长时间的通宵工作极度压缩了工作人员的睡眠时间，即使注射了脑源性神经营养因子，包括齐天在内的所有技术人员，此时也已经困倦得睁不开眼睛了。每个人布满血丝的眼球都透出疲惫，但他们的精神依然亢奋，都齐刷刷地盯着测试场地中央的沙发。

一名技术人员走到沙发旁坐下，她叫郝悦琪，负责今晚的最终测试。大家说她的名字听起来像"好运气"，图个吉利。

测试开始，郝悦琪站在场地中央，冲大家笑笑，从沙发旁边的盒子里拿出一个手环戴上，然后找到一个舒服的姿势，用手比出一个"yeah"的姿势。

齐天笑了笑，冲郝悦琪点点头。她随后操作手环，然后闭上眼睛，像是睡着了。随着手臂平稳放下，手环中数以百计的微米医疗机器人通过注射的方式从手腕内侧进入郝悦琪的血管。顺着血液循环系统，一部分微米机器人附着在包含百会穴、涌泉穴在内的特定穴位，一部分继续前进，直到穿过血脑屏障，到达并附着在大脑的运动皮层、处理高级认知功能的新皮层、含超过 50% 的脑内神经元的小脑颗粒层等区域。随着齐天的手指飞触，医疗机器人内置的微型传感器开始工作，记录神经元每一个微小的电活动，并通过无线通信将采集到的数据传输到齐天面前的屏幕。随着全脑模拟的完成，手环显示的脑电波逐渐和郝悦琪的同步，手环周围显示出了渐变的灯光。众人纷纷将注意力移向离沙发不远处被玻璃隔离的场地，一个机器人静静地站立在那里。

手环内的灯光逐渐平稳，随着郝悦琪的呼吸呈现出淡白色的光芒，大家都显得很紧张，眼神中透露出期待。如果本次测试成功，持续十三年的"分身"项目将迎来开花结果。这将预示着中国科学家在"无接触操控体外仿生人"领域取得重大突破，意味着人类的认知系统得到非凡延伸——即使人们是坐在家里足不出户，你的机器人替身也能帮你在大洋彼岸跑腿执行你想做的任何事。

随着手环内的光更加平稳，机器人的眼睛亮了起来，然后像深吸了一口气一样，硅基与碳基结合的身体开始了变化。最明显的是身高，腿部的骨骼一节一节地收缩；然后是体型，机器人的外骨骼就像真的有肌肉一般进行着变化，直到看起来和郝悦琪的身材大致一样。

只见机器人缓慢地向前走了一步，然后像是冲大家开心地笑了一下，比出一个"yeah"的手势。在场所有人的眼神中都爆发出狂欢的喜悦。随后只见机器人在空中一抓，像是从衣柜中拿出了一件衣服，往身上一披，机器人身上便出现了一件连衣裙。再看机器人的脸部，空中飞舞的纳米机器人用全息投影渐渐构建出了郝悦琪的脸庞。

"她"随手一挥，手上浮现出了一面镜子。然后像是对着镜子里看到的自己不是很满意一般，只是心念一动，脑内的微型传感器就按照郝悦琪的想法，操控空中的纳米机器人改变了全息投影的画面，脸上出现了化妆的痕迹，也像是加了瘦脸、美颜特效。一个神采奕奕的"郝悦琪"出现在大家面前，"她"像是舞台剧演员谢幕一般，冲大家行礼致意。

现场爆发出雷鸣般的掌声，十七名技术人员以及上百名 AI 机器人同时爆发出欢呼声，祝贺这令人激动的时刻。

更加令人神往的时刻随之而来。在场的十七名技术人员轮流上场测试，机器人不断变换着外形，一次次变成了不同的样子。"他们"反复进行着不同的测试：反应力、运动、逻辑思维、情绪波动等，每一项数据都展示出与实验个体保持一致。

齐天看着眼前发生的一切，极力克制着内心的激动，两只手却不由自主地颤抖。他知道，"分身"项目真的成功了。人类从此刻起，再也不受空间维度的限制了。"让灵魂畅游时空"的目标已经实现了 50%。

"分身"项目是缩地集团的核心主研项目，目标是研发民用的远程操控技术，最终实现人类梦寐以求的"意识自由"，即突破三维空间限制，随心所欲地实现"瞬间转移"的梦想。使用此项技术的人将会有最逼真的奇妙体验：瞬间到达世界各地，看到机器人所看到、感受机器人所感受。不同于传统的遥控技术，"分身"像是把你的灵魂放在了一个新的、和你融合良好的碳硅双基仿生人身体里。齐天相信，世界将会因为"分身"技术而发生颠覆性的改变。

时间、空间，这两个限制人类太多自由的概念，将被"分身"技术重构。

除夕的钟声即将敲响，农历己酉鸡年即将到来。

0点之前，齐天迅速向总裁余锋汇报测试结果。他要赶在新春爆竹声响彻夜空之前，把这个好消息送出去。这是一份无与伦比的新年礼物。

不多时，《难忘今宵》的歌声从千家万户的电视直播中传出。良渚区区长王秉怀收到了缩地集团总裁余锋的新春祝福。此时窗外传来了此起彼伏的爆竹声，王区长看着附件的视频文件，陷入了沉思。

技术本身没有善恶，但是如何使用技术却代表了人的态度。

"达姆弹"是一种在美国广泛应用于居家自卫的子弹，特点是穿透力弱，停止能力强。不会穿透墙壁，从而降低对邻居或建筑造成的伤害，但是击中人体时会"开花"、爆炸，致死率高。子弹的设计非常巧妙，但却能让人感受到来自设计者的不怀好意。

类似的设计不仅能在武器中看到，各家公司的"算法"、娱乐游戏的机制，甚至在食品的配料表中都能看到。

一些游戏机制加入赌博的元素，让玩家上瘾，支付人类最在意的时间和金钱；一些食品调配糖和添加剂，让人的口腹欲大增，欲罢不能。

在这些技术的背后，开发者操控的是人类的软肋，是人类的欲望：钱、权、食、色。

王秉怀区长走到窗前，看着夜空中不断迸发的烟花。火药被应用于烟花爆竹是节庆消费情绪价值的需要，而应用于武器制造则是战争的工具。

"分身"技术如果不受管制，被广泛应用，对人类而言，是喜是忧？这意味着人类将再也不受时间、空间的约束，天大地大再也无法限制人类的意识自由。不仅仅是像神话里的"瞬移"，一瞬间就能传送十万八千里，就像孙悟空一样，甚至可以借助"迷你仿生人"进入狭小的环境，"真实"地感受世界每一处角落。

人类可以活动的空间再一次被扩大，但是同时，人类似乎也失去了"走出房门"的理由。"无须出门就能体验世界"——极大的意识自由反而成了隐形的枷锁。

以此类推，一系列衍生的问题也将接踵而至。例如边防，国与国之间将不再有边境线之争，主要战场将会转移到线上；或许将诱发更加狡诈的犯罪形式；如果"分身"技术深度结合

AI 辅助，人类的"碎片"时间将会极大被缩减。人只需要在数个机器人之间"附身"，生产力提升的同时，员工的压力也会提升，公司只需要留下一名销售冠军，将他复制在数个机器人身上，公司收益可能会轻松翻倍，而其他员工的生存空间将被极大压缩。那么，未来，"没用的人"将大大增多，"有用的机器人"的比例将几何倍增。

随之而来的变化可能还有，各地的旅游人数将会提升，但经济收益可能并不可观，毕竟代替人类游山玩水的"仿生人"不用吃饭住酒店，"仿生人"具有瞬间转移功能，也不需要交通工具。

"分身"技术似乎能创造一个经济奇迹，一个能够改变生产模式、市场、人民生活方式的科技。这让王秉怀区长感到害怕，感到肩上的担子很重。

2030 年，乌镇世界互联网大会如期召开，大会主题是：未来已来，人类将何去何从？

"分身"技术在世界互联网大会正式亮相，震惊世界。

良渚区区长王秉怀在大会上发言，提出了有关"分身"技术的十三条建议，其中的一条建议"'分身'技术有潜在风险，该技术的使用应当慎重"连续三天登顶各大平台热搜榜首。

"世界上最远的距离是人和人之间明明相处一室，但灵魂却各自而飞。世界上最痛苦的事，就是肉体与灵魂的分离。"

王秉怀指出，这是一个时代的变革。当前正处在一个技术、机制与基础设施同步革命的历史性时刻。这些革命不仅正在深刻改变着我们的生活方式和工作模式，更在积极塑造着未来的社会形态和发展方向。但，现有的城市、人们的精神力，还没有做好准备。

王秉怀有雄辩之才，以一人之力舌战群儒，坚持对"分身"技术持保守态度。他提出并推进"城市大脑"建设。这引起社会的热议，当然，是铺天盖地的质疑和谩骂。

网上对王秉怀最多的评价是"时代的叛徒"，说他如螳臂当车一般试图阻止人类的进步，用"灵魂"或是"精神力"一众感性的字眼儿胡说八道，是一个只会说大话、博社会眼球的骗子。

诚然，在当时，没人能听懂王秉怀的话，没人在乎"灵魂"或是"精神力"。对于所谓的"城市大脑"，更是嗤之以鼻。

缩地集团的董事长是为数不多的、赞同王秉怀看法的人之一，愿意谨慎地推广"分身"技术。但碍于身份，不能对缩地集团有负面影响，对王秉怀的支持也不能公开。王秉怀背负着"阻止人类步入未来"的黑锅。

原本愿意帮助王秉怀的技术人员顶不住压力纷纷选择离开。最困难时，只有他与妻女和一名 AI 助手坚持推进"城市大脑"计划。

又是一年春节，他成功后第一次落泪。他说："我把一切都赌在未来。"

从此，"分身"技术在中国和欧美国家做出了不同的选择。而对于王秉怀来说，一切的转机，要等到几年后"未来之城"建成。

二、天命倒计时

2085 年，武铭即将迎来八十五岁生日。与其他老人不同的是，他知晓了自己的命数。

窗外，皓月当空，远处的天空飘浮着厚厚的云层，偶有一两道闪电，照得室内一片明亮。房间内，一老一小并排坐在沙发上。

老头儿腿跷在小凳上，看起来轻松惬意。而那位少年，看起来有点僵硬，正襟危坐，聚精会神地看着大屏幕。

此时，悬空的超大屏幕里上演的是 2030 年翻拍的《天龙八部》。此刻，正是乔峰遇到阿朱假扮段正淳一节。

少年显得有点紧张："哎呀，这人该不会又是阿朱的爸爸吧？"

老头儿觉得好笑——只是因为故事角色风流多情，主角所遇到的美丽女子都和这人有血缘关系——少年紧张之下，胡言乱语,居然说出了"又是阿朱的爸爸"。

"你看就行了。"老头儿对影视作品极其尊重,不愿意剧透。更何况,老头儿最喜欢看别人因为电影而感动,因此总是竭力为观影伙伴创造最好的体验。此时看到少年表情担忧,心里很是开心。

"肯定是了,之前那个小女孩儿不是也有个金锁片,和阿朱的不是一样吗?"

此时剧情正是乔峰和段正淳对峙,两人的误会眼见就要加深。

"哎呀,完了,这人怎么回事,这一下,他不是要把自己兄弟的爸爸给打死了?"

窗外忽然雷声一响,只见屏幕里乔峰飞起一掌,就要打在段正淳身上。

"不对!不对不对!"少年突然大声叫喊,随即屏幕里的内容暂停了。

"你又暂停干吗?"

"我……我不看了……"

"怎么又不看了?!"

少年显得有点委屈,有点结结巴巴的,过了一会儿说:"这个人肯定是阿朱假扮的!"

"是不是,你看完再说啊。"

"不看了……再看阿朱肯定死了啊。"

老头儿眉毛一竖，眼睛一瞪："你这不是胡闹吗?！万一不是呢? 就算是，你不看完算怎么回事?"

少年听完老头儿说的，将信将疑地继续观看。只见那一掌打在段正淳胸口，段正淳身子飞了出去，乔峰感到疑惑，上前一抓，果然，这个段正淳正是阿朱假扮的。

"哎呀!"少年又是大叫一声，画面暂停。他指着屏幕里的阿朱，看向老头儿，眼圈一红，声音带着哭腔，就要哭出来了。老头儿感觉好笑，笑吟吟地看着少年。

"阿朱死了吗?"

老头儿见到少年心里难受，也不再骗他，点点头。

"之后也没找到神医给救活了?"

"没有，这次确实是死了。"

少年先是愣在原地，过了一会儿，急忙面对屏幕，手在空中比画了许多下，闭着眼，嘴里念叨着什么。

"你干什么? 又乱改?"

只见少年的面前出现一条如同剪辑软件中的时间线，在少年的操控下，一分为二，又二分为四，随后又重新拼凑。反过来看大屏幕上，画面倒退，如同时光倒流，乔峰又倒飞回空中，一掌打出的样子。

不一会儿，画面重新播放。乔峰身在空中，正要一掌打在阿朱的身上，突然翻手一转，变招收力，一掌打在旁边的青石桥上，石屑纷飞。乔峰眉毛一竖，开口询问："阿朱？你为何假扮段正淳那狗贼？"阿朱随后冲到乔峰的怀里，两人诉说事情因果……

老头儿呆呆地看着屏幕，喃喃道："这……这不是胡闹吗？这啥啊！"

"你瞎改什么？这样一改，这……这后面怎么办？"

"武爷，后面怎么了？"

"后面……如果不是因为打死了阿朱，阿紫又怎么会缠着乔峰，又怎么最后跳崖而死？"

"啊！乔峰后来也死了？"

"对啊。你这一改，后面不是都乱套了。"

"那我改对了，后面乔峰也不用死了。"

被叫作"武爷"的武铭吹胡子瞪眼，又和少年解释了后面的剧情。哪知道少年边听边改，画面里快进到关键剧情点：乔峰娶了阿朱，又娶了阿紫，后来当上了契丹大王，在塞外过着幸福快乐的生活。

武爷蒙了，看着剧情不知所措。刚想生气，但是看到乔峰和阿朱在塞外幸福的牧羊生活，心里也不是滋味。他内心深处又何尝没曾想过这样的美好结局，心里酸楚，由衷地为乔峰和阿朱开心。可转念一想，如果从来没有读过乔峰所经历的生离死别，此时看到这样的大圆满结局，又怎么会心里有所触动？

"你这瞎改！乔峰都不是乔峰了！"

"为什么啊？非要死了，乔峰才是乔峰吗？"

"人有悲欢离合。这世上，人生不如意十之八九，怎么会事事如意。你赶紧给我改回去。"

"别改回去了吧，又不是真事……"

"不是那么回事儿。小迪！你出来，帮我改回去。"

"好嘞武爷。"一个脑袋从地板里面钻了出来，如同幽灵一般。细细一看，是一个中年男人的形象，瘦得像个竹竿，表情很是殷勤。

小迪是武爷的私人 AI 助手，自 2025 年开始，在武爷的手机上作为问答程序存在，后来随着人工智能科技的进步，不断升级。2060 年，在武铭的选择下，升级成如今人形的模样。其实，大多数人的 AI 助手不会选择以这样的形式出现，一是因为需要训练的时间长，二是花费更高。选择让 AI 助手有人形的，往往都是老人或者需要照顾孩子的家庭，作为一种特需的陪伴。

小迪飘在空中，伸手一挥，画面又变了回去，乔峰一掌打在了阿朱的身上。

那个少年安静地坐了回去，只是眼神里还是充满了担忧。小迪随后飘到了武爷和少年身后，画面继续播放。

窗外雷声不断，倾盆大雨，屏幕上乔峰抱着阿朱痛哭。少年默默地看着画面，说不出话。武爷看着画面，心里也不是滋味。这《天龙八部》，小说加上电影也看了不下十几遍，每每看到此处，还是心里难过。

武爷转头看向少年，想起来自己小时候也因为看《小兵张嘎》和家里人哭闹，因为妈妈讲完《小王子》的故事而哭泣，不由得内心叹了一口气，把屏幕关了。

屏幕关闭之后，武爷伸手对着窗外一挥，只见窗外皓月消失、乌云散去，呈现出骄阳当空、晴空万里。原来刚刚的月夜和乌云都是人工智能为了让两人更好地沉浸在影片中做出的氛围特效。武爷坐到窗边，拿起茶缸牛饮一口，对着少年说道：

"小郭！我不是不理解你，你要是五六岁的小孩儿，因为这个事闹脾气，也就算了。你这都二十岁了吧，娘们儿唧唧的，像个什么样子？"

这小郭，说的就是这个少年，他是武爷的护工。听到主家喊他，他赶紧站起来冲武爷道歉。

"对不起啊武爷。"

"你道歉干什么？别人家一说，你就道歉，有点脾气行不行，哪怕你跟我吵一架呢！"

"不好意思……"

"唉！我说什么来着？"武爷叹了一口气，不再说话，又去喝茶，只不过觉得茶水凉了，把茶缸往桌子上一扔。小郭看到，连忙走到厨房沏茶。

一旁在天上飘着的小迪看着一老一小恢复了常态，笑呵呵地隐身进了墙壁里。

武爷看着忙活着沏茶的小郭，心里的气也就消了。他知道像小郭这样的性格，在当今的时代很正常。一方面因为人工智能的帮助，获取知识的难度大大降低了，很多人不会经历太多酸甜苦辣。日常的与人相处，又大多有 AI 助手帮忙，缺乏社会的磨炼，心智成熟普遍都晚一些。像小郭这样在福利院长大的孤儿，没有父母的教导，性格有些怯懦，也是可以理解的。

另一方面，因为 AI 视频等技术早已成熟，现在人们观看的视频、阅读的书籍、玩的游戏大多是私人定制，都奔着"爽剧"效果，所有的剧情走向都是顺心如意，稍有苦难也是立即迎刃而解，逢凶化吉。这也导致了现在大部分文艺作品乏味无趣，同质化现象严重。不过市场不这么想，更多的人还是要按照自己的喜欢，让角色顺自己的心意，哪怕逻辑不顺、毫无创意，仍是大受市场欢迎。只是苦了传统的文艺创作产业。拿电影产业来说，已经变成了非物质文化遗产。大规模的电影公司更是寥寥无几，电影仅仅作为一种小众艺术存在。人们观看的电影，不再是由企业制作然后分发到市场，而是由个人制作一个大概的故事线，设定一个世界观，在玩家之间的创意工坊里相互售卖。观众买到手里，再和 AI 助手进行再创作。

武爷的妻子曾经就是影视行业的从业者，他知道对于创作者来说，这是一件令人悲伤的事情，因此看到电影如此，他心里也不舒服。他也不顾别人说他老顽固，总是喜欢拉着小郭陪他看过去的老电影。

艺术终究是为了自娱自乐，或许这也是一种返璞归真。

想到这些，武爷又叹了一口气，内心感慨："这时代，怕真的是作者已死了。"

"小郭。"

"哎！"

"你今天可以早点回去啊，下午我有点事。"

"欸？您要出门啦？"

"可不是，下午有社区的人上门，我怕他们看到你又问东问西，啰里啰唆的。"

"哦，好呀，有什么需要准备的吗？"

武爷想了想，郑重地说："你把我那身消防服拿出来。"

"好呀。"小郭走到卧室，从衣柜里拿出一个箱子，箱子做了透气和防潮处理，里面是一套老式消防员深蓝色制服。小郭把制服拿出来，放到阳台上晒一晒，拿掸子轻轻拍打，很是细心。这一套衣服虽是武爷年轻时的，但他非常爱惜，后来又让小郭送出去按照现在的身材重新剪裁过，今天穿上也依旧非常帅气。

做完这一切，小郭坐到电视机旁边的一个单人沙发上，对武爷说："武爷，那我就回去了。"

"嗯，去吧。"武爷冲小郭点点头。

只见小郭忽然间变得面无表情，四肢像是在校准一般扭动了几下，身上发出一抹淡白色的光芒。光晕褪去后，小郭变成了一个仿生人。原来，这是护工小郭的分身。

这也是这个时代比较常见的养老模式，护工通过分身来帮助老人日常的生活起居，并处理一些急需的特殊情况。

在人类社会，有句老话"久病床前无孝子"，说的是再孝顺的孩子，一旦照顾生病的老人时间久了，免不了嫌弃老人味儿，嫌陪老人熬时间。老人就像小孩子，不知什么时候就会有各种突发情况，需要二十四小时贴身陪伴，耐心细致地精心照料。所以，老人一般喜欢有子女在身边，选择居家养老的方式。但是即便是亲生父子，往往因为工作等原因也不能寸步不离地陪伴照顾。因此，如果能多几个孩子轮流守在身边，尽善尽孝，说到哪里都是令人羡慕的天伦之乐。

偏偏武爷这一代，"95 后""00 后"，有许多人在年轻时选择不生孩子，于是催生了很多科技养老方案。早在 2027 年，居家机器人就已经相当成熟，可以帮助老人完成基本的起居生活，像监督辅助吃药、坐卧行走、做饭烧水、按摩理疗等。但卫生清洁、心理陪伴仍是难题。直到"分身"技术普及，独居老人的养老问题才有了一个相对合适的解决方案。一方面分身机器人可以避免许多与老人贴身的尴尬问题，像洗澡、上厕所等，护工搭配 AI 辅助，既能够保护老人的隐私安全，又使得很多人能接受处理污秽之物。同时因为有 AI 监督，加上护工公司的维权体系，防止了欺负老人的情况。另一方面，因为是使用分身照顾老人，护工也不用像以前那样二十四小时陪伴，一些简单的工作都能够交给 AI 操控机器人处理，像刚刚小郭的烧水、保养衣物，都是护工公司设定好的标准程序，交予 AI 辅助处理。这样既可以做到随叫随到，护工本人的时间又能相对自由。

2085 年，护工是一个非常受欢迎的职业，而且几乎每个老年人都需要，尤其是像武铭这样的独居老人。

武铭没有要孩子，是和妻子共同决定的。武铭妻子赵灵的童年并不幸福，她的父母均在婚内出轨，离婚后又各自组建了自己的家庭，赵灵从小似乎就成了烫手的山芋，被"扔"给了奶奶抚养。赵灵和奶奶相依为命，感情很深，但是"被抛弃"的经历是她内心的伤痛。直到成年后和武铭相遇，内心的伤痛才被慢慢治愈。武铭和赵灵是在游戏里认识的，起初武铭只是觉得赵灵是个很开朗的人，玩游戏时常常说出有意思的段子，逗大家开心，一起玩游戏的男生都暗自喜欢她。

武铭，出生在一个世代军人家庭，爷爷的父亲是一位革命烈士，爷爷和父亲都是军人。到了武铭长大后也想参军时，被父亲拦住了。父亲有一天郑重其事地问他："你认真想一想，除了军人，你有没有最想做的一件事，或者特别想从事的另一种职业？"从那天开始，武铭认真想了好久，并没有想出来有什么能比穿上军装更神气的职业。

武铭长大后，成为一名消防战士。他喜欢这份职业，觉得做一名消防战士很神气。每当有火情出现，他总是第一个飞奔上车。当他看到熊熊烈火在战友们的齐心协力下被扑灭，他有一种消灭敌人的成就感。

武铭退伍后，在良渚开了家茶馆。他喜欢良渚这个地方。后来约赵灵来良渚旅游，赵灵也喜欢上了这个地方，于是两人很快私订终身，没跟家里人说，就自作主张领了结婚证，从此两人形影不离，仿佛前世注定在此生久别重逢。

其实按照赵灵的说法，不是武铭追求她，而是她追求武铭，她说："优秀的猎人往往伪装成猎物。"她早在心里喜欢武铭这个一身正气的大男孩，玩游戏时常常说些笑话逗他开心，只是面对真爱，想到自己家境一般，心生怯意，不敢表明心思，直到武铭勇敢迈出一步，两人才修成正果。

赵灵很有艺术天赋，古灵精怪，但做事没长性，不愿意吃苦，不懂社会上的人情世故，往往打工几天便和老板闹翻。她觉得自己不适合打工，她要做自己喜欢的事。

赵灵的想法很多，自己有个自媒体账号，经常在网上写一些自己编的故事，受到很多同龄网友喜欢，尤其是"'00后'整顿职场"的建议，还上了几次热搜。后来有电影公司找到她，她便写一些故事卖给电影公司。她的自媒体备注栏也多了一个称谓：编剧。

赵灵觉得人生苦短，爱情至上。如果不能给予孩子最好的关爱，不如不要孩子。武铭不顾家庭反对，义无反顾地支持赵灵不要孩子的决定。只是没想到赵灵会先走一步，留下自己一人不知所措。

小郭走后，AI助手小迪飞入分身仿生人身体，接管了仿生人。只不过接管后，只有头部是小迪的样子，身体其余部分仍是仿生人的模样，行动更是像个死板的机器。这是人工智能使用分身的权限受限导致的。当AI接入机器人，很多功能和权限都受到限制，此时的分身机器人，只是一个居家机器人，就连行动上都要专门做区分。

小迪给武爷做了番茄鸡蛋面，然后调配了一杯奶昔，里面包含了控制血糖血压、保护心脏的药物，还有复合维生素等。

武爷扒拉几口面条，然后喝一大口奶昔，说不上是就着奶昔吃面，还是就着面喝药。就这样，一顿饭就对付过去了。

实际上按照现在的技术，菜品可以做得非常精美，只不过自从老伴儿离开后，吃饭对于武爷来说就算是一件麻烦事。番茄鸡蛋面是年轻时老伴儿常常给武爷做的，武爷还算是愿意吃。额外的营养则是依靠药物和补剂。

吃罢了饭，武爷梳洗打扮，刮了胡子，梳了头发，精神抖擞地穿上曾经的消防制服，坐在窗边等待。不只是因为武爷好面子，是个体面人，更是因为一会儿，外貌形象也是考核标准之一。

到了下午2点55分，小迪收到了信息，他对武爷说："武爷，那边说是五分钟后就来，问您这边时间可以不？"

武爷点点头，小迪立即和对方的 AI 助手进行了确认。

五分钟后，3点一到，门铃响了。武爷手一挥，门自动打开，进来的是一个一米高、长宽约为半米的机械盒子。说起来，有点像2025年宾馆常见的送餐机器人。

那机械盒子进来后，盒子上方闪烁起一点灯光："武先生您好，我是'天命系统'的审核专员，您可以叫我小刘。之前和您的助理小迪沟通过。"

武爷点点头。他知道小迪已经为他做好了一切正式见面的沟通。像双方比较喜欢的称呼、习惯，甚至是风俗规矩都会由

AI助手之间提前沟通规划好，双方见面后可以直奔主题，哪怕是签署文件都会很顺利，因为麻烦的沟通和较量都提前进行了，像"武先生"的称呼，就是小迪特意交代的。

AI助手往往替代主人说不方便说的话，做不方便做的事，确保人类可以在会面时更加得体、友好、体面。人类都要"面子"，是AI助手们最不能理解的。或许这就是人类与机器人之间的差别？情感？情绪？温度？

武爷看着小刘，眼前浮现出一个全息影像生成的页面，上面有小刘的工作信息，还有政府部门专门的防伪标识。武爷看完后点点头："你好呀，小刘同志。"

"您好，这个盒子内是辅助审核的仪器，经过您的同意后，要暂时安装在您的分身机器人身上，我还需要接入您的分身机器人，您看可以吗？"

"可以的，小迪你去吧。"

小迪操控分身机器人走到盒子面前，伸出手放在盒子上面，盒盖子随即打开，里面的配件像有生命一般组装到了机器人的手臂上，随后手臂上扬，一个像单片眼镜般的配件组装到了分身机器人的身上。

小迪随即飞离机器人，机器人的模样发生变化，变成一个公务员形象的中年男性，只是一只手臂部分仍是机器，连接着一个仪器，一只眼睛也是机器人的模样，正是刚刚安装的配件。

小刘简单检查了一下身子，然后向武爷点头示意。武爷冲他笑笑，招呼他坐在对面。

"武先生，初次见面，您好。"以分身见面，需要再次打招呼确认双方的身份。

"您好。"武爷礼貌地回答。

"您之前有关使用'天命系统'的申请，初步的材料审核都通过了。这次我来，可以说是面试，也是最终审核，主要工作是对您心理方面进行判断、协助您起草遗嘱，以及如果您通过了审核，帮助您安装'天命系统'。接下来我先给您介绍一下审核的流程和注意事项。有什么不清楚的您随时问我就好。"

武爷点点头。

十年前，人类希望通过技术完全掌控自身的欲望达到了顶峰。就像学生期待老师给予正确答案，人们希望从科学中寻求如何生活的建议。渐渐地，日益加深的依赖情绪转变了人们的看法，人类开始向科学寻求生存的建议。

比起"我是谁？""我从哪里来？""要到哪里去？"的问题，大部分人更在意"什么时候"到哪里去。"天命系统"就是在这样的土壤下诞生。2075 年，人们终于可以通过"天命系统"精确地计算出人的寿命。

"天命系统"可以对个体剩余生命进行准确预测。首先是通过植入体内的全维生物传感器网络实时检测佩戴者代谢物、端粒长度、DNA甲基化水平以及常规的心率、压力水平等等，将数据采集并上传到云端。"天命系统"会在主脑虚拟宇宙中建立一个虚拟世界，并把构建出来的佩戴者实时投射到虚拟世界中。根据广义相对论，速度越慢或在弱引力场中，时间会变快，虚拟世界的时间流速被控制为现实世界时间流速的一万倍。当这边佩戴者眨了一下眼睛，虚拟世界中的佩戴者已经快速过完了一生。通过这种方式，佩戴者可以准确得知自己的剩余寿命，并获取一些延长寿命的生活健康建议。

该技术一经发布，就被联合国严格管控。正如希腊神话中讲述的，知晓命运的人总会做一些傻事，成为命运的一部分。"死亡"这一概念激发了生物的原始本能，许多人因此开始思考人与科技的关系，对科技的依赖情绪在此刻进入了拐点，人们更在乎人本身了。

具有讽刺意味的是，人似乎拥有了控制命运的力量，但却不敢直面，难道人类终究无法战胜命运？

该项技术在之后的很多年，只能在紧急的医疗急救中为医生做参考，而泄露他人的生命极限数据将被纳入刑事犯罪。

"现在我手臂上的仪器是用来分析您的言行举止是否符合标准，分析内容包括您的举止是否得体、语言逻辑是否通顺、内容是否真实、心理是否健康、是否有能力和意志力接受结果和处理后事。我左眼上的镜片就是信息采集器，面试期间您需要一直看着我的这只眼睛，面试内容可能会涉及谈论您的隐私，以及可能会触及您的伤心事，请您不要介意。我们之间的所有谈话内容将被加密脱敏储存，您的个人隐私不会泄露，请放心。"

"没问题。我看过你们发布的介绍，我随时可以开始。"武爷说话时，就开始看着小刘的左眼。他看到那只机械眼睛中有一个绿色的十字准星，在与他对视时发出了深邃的光芒，似乎在进行校对。

"好的，武先生。首先第一个问题，您为什么要申请使用'天命系统'去知道您剩余的寿命？"

"和政府决定开放这项技术给我们孤寡老人的原因一样，我没有子嗣，我老伴儿离开之后，我想知道我还能活多少天，我想安排好我余下的生命。"

"好的，那您了解过社会上有关'天命系统'的讨论吗？"

"嗯，了解的，我一直都有关注的。"

"您能描述一下最近有关'天命系统'的热议或者实事吗？"

"我了解，和以前不一样。'天命系统'现在不受欢迎。以前大家都想知道自己能活多久，现在都躲着。有些声音说，这是赛博毒药，意思是，人知道命运的那一刻，就已经死了。"

"您知道为什么会有这样的声音吗？"

"嗯，知道自己生命的倒计时，会给人很大的压力。过一天，少一天，每天看到自己生命的流逝，怎么说呢，会让人的求生欲增大。这是人的本能，但生老病死是自然规律，躲不掉的，偏偏有些人就是想躲，躲不掉就容易发疯。"

"您看到倒计时，会害怕吗？"

"哈！如果倒计时是我能自己调节的，就现在和可以预见的未来，我不怕。"

"哈哈，看起来您是一位乐观的先生。这很好。接下来的问题可能有点冒犯。"

"没关系，你说吧。"

"您可以说一下您妻子的离开吗？"

"可以。我妻子是喜丧，生前没有经历痛苦。虽然说离别是悲伤的，但是妻子能走在我前头，我是开心的。她在世的时候我们就讨论过，谁后走就给先走的安排好后事，多烧点纸钱，让她在来生成为富豪，等我走时去找她，就可以傍富婆了。哈哈。"

"您对生死看得很豁达。"

"是的，生死的问题，我和她都不介意。"

"您有什么未完成的心愿吗？"

"嗯……目前没有。妻子走后，我也常常回顾我的人生，我认为我的一生很幸福。对父母尽了孝，工作上对得起自己，没给社会添麻烦，婚姻幸福，没有什么一定要完成的。"

"我看过您的材料，您的爷爷是受国家表彰的烈士，您也在消防部队获过二等功，是我非常尊敬的人。"

"谢谢。"

"您有考虑领养一个孩子吗？按照相关政策，可以照顾您子女的工作。"

武爷脑海中一下想到了小郭。

"我还没想过……"

"没关系，这些事也不是必需的。接下来我们会给您的视觉系统里传输一个立体图形，您需要尽力操控它，使它成为一个有意义的形状，然后为它填上适当的颜色。"

"好的。"

随后，武爷闭上眼睛，在脑海中出现了一大堆纷乱的线条和色块。移动脑海中的画面，对于老年人是十分困难的，不仅需要一定程度的空间想象力，还需要相匹配的意志力。这一项测试便是能力测试了，考验武爷对于现代科技的掌控力，以及大脑神经功能的完整性。

只见武爷额头微微冒汗，脑海中的画面在三维空间里不断翻转，最终在一个刁钻的角度呈现出一个五角星的形状。武爷立刻知道应该填上什么颜色，随后，一个鲜艳的五角星出现了。

武爷睁开眼，微笑地看着小刘的左眼。小刘也微笑地看着他，随后站起身，朝着武爷敬了一个礼。

武爷神情立刻严肃了起来，"唰"的一下站起身，朝着小刘回敬了一个礼，姿势标准，表情坚毅。小刘看到后内心感动，郑重地请武爷坐下。

"武先生，请您按照顺序，简要地复述一下从开始到现在，我向您提过的问题。"

"好……第一个是为什么要申请'天命系统'，第二个是有关'天命系统'最近的社会讨论，第三个是妻子的离开……不对，是为什么会有这样的讨论，还有我会不会害怕，然后是妻子的离开，第……三、四、五、六，第六个是有没有未完成的心愿，第七个是考不考虑领养孩子，第八个是立体图形复原，第九个嘛，就是记忆力的考察了。"

"是的，完全正确。武先生，您太厉害了。"

武爷笑着摆摆手。

"武先生，还有最后一个问题，同样是与记忆力相关的。您估算一下，从第一个问题开始到现在，经过了多长时间？最好能精确到秒。"

武爷沉思了一会儿：

"大概是……6分……37秒。"

小刘看向眼前的时钟，7分13秒。

"恭喜您，武先生，您通过了最终的测试，我给您公布测试结果和审核意见：武铭，男，八十五岁，举止得体，谈吐清晰，逻辑缜密，有相当的自理能力、豁达的生死观，有信仰，有意志力，符合标准，审核给予通过。"

武爷开心地笑了，小刘手臂上的机械盒子随即掉落，只留下一个看起来很普通的手环在分身机器人身上。这个就是传说中的"天命系统"了。

戴上手环，武爷的眼前出现了"天命系统"的安装界面，静候其计算结果。二十秒后，系统显示屏上浮现出了武铭剩余的生命：1179天13小时27秒。

武爷一愣，看着向下读秒的数字沉思了一会儿，随后挥手隐藏了界面。

小刘又站起身，郑重地向武爷敬了个礼。

"武先生，我代表'天命系统'向您表达敬意。我们都由衷地尊敬像您一样坦然直面接受命运的人。从现在开始，我将成为您的'天命VIP客服'，如果您有心愿想要完成，我会帮助您联系其他相关部门，尽力帮助您实现人生愿望。"

"好的，谢谢，确实是不一样的感觉。别的人，都有什么心愿吗？"

"嗯……比如，有一位老人，说他的爷爷年轻时想要开拖拉机，他也想要开一下试试，我们帮助他联系到河南农业博物馆，修复了一台东方红拖拉机，并驾驶那台古董拖拉机带老人回了一趟爷爷的老家。老人很满意。"

"哦！那真是很了不起，辛苦你们了。"

"不辛苦，都是应该的。"

武爷点点头，随后送别了小刘。武爷一下瘫坐在沙发上，重新调出了"天命系统"的页面，把秒数的倒计时关掉了，看着眼前的数字：1179 天。他陷入了沉思。

三、消失的小郭

　　武爷只感到昏昏沉沉，他在沙发上睡着了。看到武爷额头微微冒汗，表情严肃，牙齿咬得很紧，小迪叹了一口气，很是不忍心。他先是手掌向上一抬，沙发的脚撑包裹住武爷的腿，靠背向后陷去，一张沙发缓慢变成了一张床，武爷也在这个过程中翻了个身，变成了侧卧的姿势。小迪随后飘到了分身机器人身上，走到储物间，换上了一个由乳胶和真皮做成的手部配件。机器人装上之后，像是有了真人的手掌一般。小迪操控机器人缓步走到武爷身边。武爷此时双手紧紧抓着毯子，像是个婴儿一般。小迪双手合十，手掌内传出电磁加热的声音，不一会儿，手掌变得温暖，小迪用手，顺应着武爷的呼吸，有节奏地拍着武爷的背。慢慢地，武爷的呼吸变得平稳起来。

　　武爷醒来的时候已经是晚上六点。他感到头晕晕的，隐隐作痛，眼压很高。喉咙到胸口处像是被油糊住了，很不舒服。

小迪操控分身给武爷端过来一杯茉莉花茶，四十五摄氏度，正是他需要的，接过水杯，大口饮下。小迪随后又端来一杯，这一杯便是加了些许蜂蜜的绿豆汤，三十八摄氏度，武爷接过来，一口一口地喝，喝完之后走到窗边坐下。此时天色已经暗了下去，桌子上摆着一份去皮切好的秋月梨，看数量大概有半个，一旁的小壶里还烫着枸杞银耳梨汤。武爷吃了几口，感觉胸口的烦闷之气消去大半。他长出一口气，看向窗外。

小迪也长出了一口气。作为武爷的 AI 助手，小迪时刻监测着武爷的睡眠。了解人类何时入梦，何时进入深度睡眠，何时苏醒，都是再简单不过的事了。早在几十分钟前，屋内的仪器就配合着武爷的脑电波，逐步地通过声音、温度、微风吹拂等方式逐步地唤醒他，再根据仪器反馈的身体状态，推荐合适的方案。小迪陪伴武爷几十年，他喜欢吃什么、喝什么，喜欢做什么，不喜欢什么，小迪都心知肚明，会提前安排好。

武爷很享受 AI 助手制作的营养饮食。与国外不同，中国几家企业给 AI 做的营养训练都包含中医的食疗理论，会根据节气推荐美食。许多菜品工序复杂，材料难准备，还会和运营超市的企业合作，基于"药食同源"推出定量的药补食材。身体通过日常饮食调养好了，自然生病就少，正所谓"上医治未病"。只是武爷这一代"00后"，口腹之欲很多时候仍是随心所欲，不喜欢完全按照 AI 推荐，所以许多饮食也不完全符合中医理论。妻子赵灵就不喜欢被定制的人生。她曾说过，如果完全听 AI 的，人类岂不也变成了机器人？

武爷打开睡眠报告，看到睡眠数据乱七八糟，一直在断断续续地做梦，料想也是小迪把自己叫起来的，不然这样睡到晚上，可真的要难受死了。

武爷忍不住又打开了"天命系统"。他盯着那串数字，愣了一愣。他回忆起最初的数字应该是 1179 天，怎么睡了这一觉，变成了 1175 天？他赶忙叫来了小迪，说道：

"小迪，我睡了多久？"

"武爷，您睡了不到三个小时吧，怎么问这个？"

武爷没说话，小迪看出来他有心事，便接着问："武爷，您那个'天命系统'？"

"是啊，睡前看我的生命倒计时，我记得是 1179 天，怎么一觉醒来，变成了 1175 天？我还想着是不是我记错了。"

"哦……这样啊。"小迪是人工智能，思考的速度比人要快不知道多少倍，当下就知道了答案，此时不回答，就是在斟酌措辞，于是他坐到武爷的对面，像老朋友一般。

"怎么了？有事你说就行，怎么也和小郭学，磨磨唧唧的。"

"那倒不是，我这边没有接入'天命系统'，看不到数据，所以也是猜测。"

"怎么说？"

"武爷，您最喜欢希腊神话，所以，是不是觉得命运自有定数？"

"是啊，怎么文绉绉的？"

"我想啊，您是被'天命系统'中的'天命'二字给迷惑了。命运和生命，可不是一个东西。"

武爷像是被击中了。小迪看到了，便继续说：

"这系统只能告诉您的生命，可那却不是您的命运啊，说您有一百年，可偏偏九十九年的时候发生地震，难不成一个算法，能把天灾人祸都算了进去？"

武爷苦笑，对呀，这机器给我的，只是按照人体数据，实时地计算我的生命，就算它精准无比，可我的生命它又怎么做得了主。我如果今天开始酗酒摆烂，伤害自己，身体怕是一天不如一天，但我如果健康饮食、加强锻炼，只怕又能多活几天。"天命系统"给的时间，又不是一个保证，只能做当下的一个参考而已。

"怪不得大家都说'天命系统'不好，确实一般人受不了这个。"

"武爷，您可不是一般人。"小迪知道武爷内心的疑惑已经解开了，给武爷的茶杯续了水，便进厨房了。

"武爷，我给您烧几道好菜，咱爷儿俩乐和乐和。"

武铭笑笑，想起很多癌症患者的经历，初时不知病情的时候，健步如飞，得知自己得了癌症，就浑身瘫软，走不成路了。所以很多人说绝症是会把人吓死的。武爷知道人的心情会对身体健康造成影响，可到了今天才知道，居然能影响这么大。

武爷试图回想刚刚做的梦，过了好一会儿也只能想起来个大概，只记得有妻子和父母长辈，在梦里开导自己，再过几年就能和他们团圆了，心里还有些温暖。

又过了一会儿，想到：我武铭怎么能给吓死？内心突然涌上一股豪气，喊道：

"小迪，给我整点啤酒，晚上我要喝两口。"

"好嘞！"

当晚，武爷的晚餐——炸酱面、腊八蒜、红烧肉，配上小啤酒，吃得很香。

翌日，武爷早早地起床，只感觉神清气爽，眼前的所有事物都好像新的一般，别有一番风味，就连平时熟悉的小物件，都有心思把玩两下。他知道，自己这算是开启了新生活，内心反而感谢"天命系统"了。

上午9点多，小迪告诉武爷，小郭准备来上班了，问武爷的意思，武爷点点头，一切照常。

小迪飞离分身机器人，不一会儿，小郭再次接管了分身，机器人再次幻化成小郭的模样。

"武爷早上好！咱们今天做点什么？"小郭精神满满地打招呼，随后便熟练地打开身体报告，要看看武爷的血糖、血压等身体指标。

只看了一会儿，便发出惊讶的声音："欸？武爷，您怎么回事，怎么血压和血糖都不太好，哎！怎么睡眠也……"小郭一看昨天到今天的身体报告，可以说是乱七八糟，一般来说老年人的环境都相对稳定舒适，尤其像武爷这样，本身就比较宅，社交活动又几乎没有，怎么一天之间，身体指标波动这么大？当下就想到昨天说是有社区的人上门。

"昨天社区的人气着您了？"

"那没有。"

"那您的血糖什么的……"

"血糖那是昨天晚上喝了点啤酒。"

"哎呀，您没事喝酒干啥，那血压和睡眠呢？"

"那都不碍事，昨天下午多睡了会儿。"

"还是要作息规律一点，不过您的血压是怎么回事，高压都到150多了，平时才110多。"

"哦，高这么多啊。"

"是啊，而且还不是一会儿，从昨天下午3点多，到今天，一直都这么高。您有什么心事吗？"

武爷没接话，心里却想着：原来我以为已经不在乎了，结果身体指标却不会撒谎，我心里其实是一直担心的。

再看另一边的小郭，他联系了在线医生，问要不要补点降压药。

"武爷，医生建议还是观察一下，不建议降压药啥的随便加减，还是以心理疏导为主。是不是昨天我把《天龙八部》的剧情改了，把您给气着了？我今天给您煮点好茶，您别生气了好不好？"说着便去厨房准备烧水。可刚走了两步，便停下了，发出惊呼。

"又一惊一乍的干啥？"

"不是……武爷，这个是什么？"小郭指着手上那个红色菱形的配件——正是"天命系统"——于是乎声音都有些颤抖。

"你一惊一乍的干什么，本来也没准备瞒你。昨天我通过了审核，批准使用'天命系统'了。"

"啊！您……您还有多长时间？"

"什么多长时间，说得跟我要死了一样。不对，我还确实是要死了，哈哈。"

小郭吓得不敢动，武爷看着好笑。

"我大概还有三年多吧，今天的我，和昨天的我一模一样，没有任何区别，只是说更清楚身体情况了而已。"

小郭明显是被吓住了，虽然是分身，但是看着是要哭了。武爷赶紧走过去，拍拍小郭的肩膀，让他先坐下。

"你哭什么？"小郭愣了一下，回答不上来。

"你这小子，怎么还让我来安慰你？"

"对不起……"

"道什么歉啊！你这人真是。我和你说，就像很多电影里一样，我知道什么时候死，是好事。我现在可以很悠然地规划我后面的日子，说实话我今天起来之后，就像是重新活了一遍一样。你不用难过，对我来说，不是坏事。"

武爷看到小郭这样，心里也很感动。他没有孩子，如今能有一个小孩儿为自己担心落泪，心底还是开心的，当下就想到了昨天审核员说的有关领养的事。

"昨天来审核的政府工作人员，说我立过功，我的爷爷也立过功，我的孩子能受到国家的照顾。我也没孩子，但是你照顾我这么些年，也很不容易。小郭，我问问你，你要不要当我的养子？"

武爷想到就立刻说了出来，说完之后，也感到有点不好意思。他认真地看着小郭。小郭愣住了，没接话。

"我想着我几年之后就走了，多少能给你留点东西。如果你同意了，咱们也不用改称呼啥的，好多规矩啥的在我年轻的时候都没了，简单来说就是签个文件，一切照旧。"

小郭明显是更慌张了，结结巴巴地说："我……我不是为了要您东西……"话没说完，放声大哭了起来。他从小没有父母，在福利院长大，身边很多孩子都被领养了，小时候曾经也有几个家庭想要领养他，却不知道为什么，后来都放弃了。此时武爷说要领养他，他心底的酸甜苦辣一起涌了上来，啥也说不出来了。

"行了行了，别哼哼唧唧的。你要是愿意的话，过两天正好是我的生日，你也别用分身了，亲自过来一趟，我把文件啥的准备一下，到时候你签一下，咱们就算认亲了。"

小郭感动得大哭，武爷这次也没骂他，又是哭哭啼啼了一会儿，两人便开始为武爷的倒数第三个生日做准备。

武爷的生日在中秋节，正是合家团圆的日子，所以从小到大都是和家里人过，没有和朋友过的习惯。妻子赵灵走后，只剩下自己，最多和老友打个电话。但是今年，他准备好好见见朋友，为自己正儿八经地过个像样的生日。

他和小郭分工，小郭去准备杂七杂八的事，武爷则是挑选当天要看的电影，还有最重要的，他要亲笔写信邀请朋友。

这便是武爷的童心了。都说越老越像孩子，自从武爷得知了自己的生命终点，老顽童一般的脾气便上来了，也不怕给朋友添麻烦，就想着如何有趣，让别人能多记得自己一点。想来想去，他准备用最复古的方式，去邀请自己的老友。

拿起纸笔，又犯了愁，自己年轻时就很久没写过信了，上次手写字都是好多年前了，不禁苦笑。干脆不去管格式，也不管自己写的字是否优美，"唰唰"开写：

老赵：

　　我申请使用了"天命系统"，算着我还有三年多的时间。我的生日是大后天的中秋节，但想到你也要陪家人，就把生日提前一天。我想邀请你，后天来参加我的生日 party，好不好？

　　我爷爷说，人老了要有老伴儿、老窝、老友。老伴儿走了，想请你和老熊两个老友，来我的老窝坐坐。

　　武爷写到这里，开始抓耳挠腮，想不出要再写点什么，脑袋里想了又想，措辞都很是肉麻。干脆不写了，直接落款，然后给另一位老友——老熊写。

　　写完之后，让小郭仔细把信放在信封里，用胶棒粘好封口处，交给了快递机器人。

　　小郭回头看见武爷坐在沙发上傻乐。

　　武爷在幻想老赵和老熊两个老哥们儿收到信的样子。老赵肯定是会生气的，老熊估计会笑话我。总之，想到两人猜测自己寿命表现出关心的样子，武爷就觉得心里暖乎乎的。

　　吃过晚饭，小郭回家后，武爷本想继续找找电影，忽然小迪告诉武爷，有快递来了，武爷一愣，赶紧让送进来。却见到这次不是一个机器盒子，是一个身着中山服的分身。那分身很有礼貌，又很郑重地递过两封信件，武爷心底开心，知道这是老赵和老熊的回信。当下送走分身，赶紧拆开来看。

先拆开的是老熊的，里面字迹潦草，一看就知道和武爷一样，太长时间没有写过字。不过武爷心里还是开心，他知道老熊脾气古怪，本以为他收到信件会打电话过来，却没有想到愿意陪着我写信玩儿。武爷随后看向信中内容：

老武：

　　信的格式我也记不清了，你也是随便写，现在就随便看吧。

　　收到你的信我吓了一跳，你说你没事儿闲得弄这个干什么？我和老赵商量了一下，不用等大后天，我们明天就过去陪你，接下来的时间咱们多见见面。

　　不过也说不准，没准我还走在你们前头了。

　　就算走前头了也不要紧，我孙子都快要结婚了，我比你们幸福多了。

武爷看了哈哈大笑。随后又拆开老赵的信，想到老熊都这么生气了，老赵只怕是气得胡子都歪了。一拆开，却发现不是那么回事。

老赵的字迹清秀，笔锋有力，一看就知道老赵十分用心。又回过头看信纸和信封，显然是专门准备的，凑近一闻，还有草木香气。当下心里更加感动了，心想：或许这才是写信的目的，我想要通过信去传达情感，我自己没做到，老赵却帮我做到了。又回想起自己从小到大，打字比写字要多，很少能体会到这种通过写信慢慢传递情感的方式。手里轻轻地捧着信看，知道这不是隔着屏幕或者隔着网络的对话，是真挚的情感。

只见里面写道："武铭老兄敬启"，武爷便对着信纸傻笑了一下。随后往下看，出乎意料，老赵没有像武爷预想中的生气，也没有指责武爷，反而在信中说"知天命"是一件好事，夸赞武爷是一个勇敢的人，是一个令人尊敬的朋友。又说武爷妻子离开之后，自己没能多陪陪武爷，感到很惭愧。说今后老哥儿仨要多出去玩，互相照应。最后说到，科学对人的预测都是有局限的，仅是参考，武铭老兄一生行侠仗义，定然不会止步于知晓天命，而会战胜命运。

看完之后，武爷长呼一口气，两天来压在心头的阴霾瞬间一扫而空。眼角似乎要流泪，内心很是感动。他知道，老赵是看到自己写信过去，猜自己是不是害怕了、后悔了，于是也不敢骂自己，只是开导劝解，最后又鼓励自己，做命运的主人。

想到此处，他又把信纸反过来仔细端详，果然，信纸上有凹凸不平的压纹，武爷赶紧叫过来小迪，扫描之下，果然发现，信封和信纸上的压纹，拼凑起来正是《命运交响曲》的乐谱。当下就让小迪播放。

武爷一边听，一边在房间里踱步。乐曲结束，武爷准备早点休息，明天好好招待两位老友。小迪向武爷汇报了消息，说是小郭明天想要请假回福利院，说是一些档案和手续需要本人去办，问武爷需不需要人代班。武爷挥手说不用，就睡了。

第二天一大早，武爷起床梳洗打扮，吃了早餐，准备了一些老年人爱吃的零食，等着老赵和老熊。其间时不时地问小迪，二人有没有消息，小迪只是微笑不语。武爷知道，这是两个老头儿串通了小迪，要给自己一个惊喜。

等到9点，门铃响起，这一次武爷没有挥手让房门自动开启，快步走到门前，亲自开门。果然是老赵、老熊二人。

只见老熊坐在轮椅上，一只腿是义肢，推着轮椅的老赵，穿着大衣，很是绅士。

在这个分身普遍的时代，真身见面本就可以说是最高礼仪，又加上两人都是耄耋老人，此间的情谊不言而喻，武爷更是大为感动。

"老熊，你怎么坐着个轮椅？我看你的假肢不是好好的？"

"呸，还不是为了你。你写的信那么可怜，我干脆让老赵推着我，显得和你更配一点。"

说着话，老熊一下子就站起来了。老熊和武爷两人都是一米八多的大汉，双方来了个熊抱。

老熊是武爷消防队的战友。在一次救援行动中，他冒着大火救出来六个人，在救最后一个小女孩儿的时候，旁边一个铁架子压了下来，老熊用腿扛住了一百来斤、烧得滚烫的铁架子，没让小女孩儿受伤，甚至硬扛着哼都没哼一声。只是事后，这腿不能要了。老熊虽然失去了一条腿，但是却身残志坚，一直没停下锻炼，如今虽然八十多岁了，身上还是有明显的肌肉线条。老熊的生活质量，看起来和常人无异。

武爷和老熊拥抱完，又和老赵拥抱。老赵是武爷的发小儿，出身书香门第，后来做了医生。三人年轻时经常一起开黑打游戏，后来又都选择定居良渚，所以常常见面，关系很好，亲如兄弟。其实他们要好的哥们儿原本还有两人，按照年龄排大小，武爷最小，排行老五，只不过另外两位兄弟已经过世了，也就不提了。

"哎呀，谢谢你们俩啊，跑这么远来见我，不嫌麻烦吧？"武爷开心道。

"嫌什么，你别嫌麻烦就行了。"老熊耳朵不好，说话嗓门就大，跟要吵架一样。

"你们来看我，我嫌什么麻烦？"

"老五，你这就不知道了，我们俩商量好了，从今天到你生日，我们就不走了，就住在你家里。老熊和你挤床上，我睡沙发。"老赵笑着说。

武爷一愣，随即开怀大笑："好呀！太好了！"随后把两人请进来。老熊从轮椅后面拿出两个礼品盒，一个交给了老赵。

"老五，这个是我送你的生日礼物，你瞅瞅。"

武爷接过来，手上一掂量，很沉，随即拆开，是一个小型的 3D 打印机。在这个时代，3D 打印机很常见，几乎家家都有一个，并且可使用的材料也丰富了很多，平时配合 AI 工作，用处很多。只是这一个不仅尺寸小了很多，而且明显有很多使用过的痕迹。武爷正疑惑呢，老熊开口道：

"这可是我珍藏的宝贝，可别和市面上的垃圾比。你瞧好了，我这可是公安局备过案的。"

武爷眼睛一亮，仔细一看，果然上面有公安局备案的钢印和防伪标。要知道在这个时代，发明创造可不是科学家才能干的事情，哪怕是没有专业知识的人，只要配合 AI 就能画图纸，制造一些简单的物件。可问题也在于此。创造的便利方便了大家，但是当制造的精度达到一个临界点，创造就变得可怕了。早在很多年前，不说使用 3D 打印机，便是一些心灵手巧的人就能徒手制作土制枪支，如果搭配精度更好的制作设备，潜在的风险就会增大。因此所有如同 3D 打印机之类的制作类机器都要求接入国家相关部门的 AI，用于限制功能和审核使用。但是人总是会钻空子，精心设计图纸迷惑 AI，结果还是有不少利用 3D 打印机施行犯罪的坏人，于是在几十年前，干脆一刀切，3D 打印机的功能被严格限制，私自解禁性能，制造伤害性的物品也被纳入了刑事犯罪。

可有一些没被限制性能的 3D 打印机被允许保留，这些设备虽然也接入了国家部门的 AI 系统，但是限制很少，通常都是在实验室或者是机关部门使用。老熊这一件，应该就是实验室淘汰下来的古董货。武爷一下子爱不释手，在手上把玩起来。

"别光看了，看看我用这个做的弹弓。"老熊拿出来一个金属弹弓，亮给武爷看。随后又拿出来一个小塑料瓶，摆在桌子上。

"看好了！"老熊拉起弹弓，"啪嗒"一声，小塑料瓶应声倒地，不过没有崩飞，更没有碎裂，再一看瓶子上面，沾着一颗泥丸样子的子弹。

"看见没有，自动填弹的弹弓，每一发都是 AI 计算、控制力度，不会打坏东西，而且子弹还是特制的黏性弹丸，不用担心跳弹误伤。而且，这玩意儿因为被 AI 管控了，冲着人是发射不了的。"说着就朝着自己拉了几下，果然没有子弹飞出来。

武爷一下子欣喜若狂。要知道他们这群老头儿的消费力，放在今天属实没有多大市场，更没有商家专门下心思给一帮老头儿做玩具。这一个安全又有童趣的玩具是老熊花心思做的，确实算是个宝贝。老赵也一下子来了兴趣。三个老头儿脑袋凑在一起研究弹弓。老熊站在一边，自己的宝贝拿出来显摆，看到两个老兄弟眼馋，心里更是开心得不行。

"老五，那我也不藏着掖着了，看看我给你准备的生日礼物。"老赵从怀里拿出来一个小箱子，一打开，是两管药剂。

"老赵，你这人，哪有生日送人药的？"老熊瞪起眼睛，大声说。武爷却知道，老赵拿的这个肯定有说法。

"你别急嘛。老五，我认真和你说，你也要认真听，不然这个我就不送给你了。"

看老赵说得郑重，武爷也认真地点点头。

"老五，这种药，我只有八个，我和妻子一人两个，你两个，等老熊生日了，我也送他两个。这种药，有个别称，叫作'回光返照药'，你听说过吗？"

武爷和老熊神色一变，认真了起来，分别点点头。

"只要这个药打进去，你的身体代谢会迅速加快，身体机能也会短暂恢复，哪怕就是将死的人，使用了之后，也至少有个几分钟时间，意识清醒，活蹦乱跳的。但是有很大的副作用，就像真的回光返照一样。你说它是神药也罢，兴奋剂也好，差不多都是这个意思。"

"老赵，你干什么？这种药你给老五干什么？这把年纪了，吃了不跟死了一样？"

"对，这也是我想说的，你们认真听，这些事要考虑清楚。

其实这种药没什么稀奇的，医院也会给你开，不过只能是 ICU 抢救的时候。我是外科医生，生死这些事我见得很多，很多人到最后一刻，说不出话，如果有亲人在身边，一个眼神，一个动作，所有的意思、感情，也都懂了，没有遗憾。可我也见过很多人，独自一个，临走前想说点什么，却说不出口。回光返照，对于这样的老人来说，是很大的心愿。所谓'返老还童'嘛，谁不想呢？所以这个药是管制药品，是禁药。你们都知道吧，人走的时候，必须去医院，要开死亡证明什么的，如果家人还在，那还好说。但像老五你这样的，是另一种情况。医生的职责是救人，哪怕明知没有希望了，也还是要救。你说是负责也好，不懂变通也好，反正是这样的。你如果最后时刻说不出话，按照抢救的流程，先要给你做复苏，还可能插管，最坏的情况，可能肋骨会断，气管会被切开，一直到完全没有办法，才会给你使用回光返照的药。"

老赵看着老熊和武爷，继续说："我说的话，够清楚，够明白了吗？你如果有亲属签字，可以跳过一些环节，但是如果独自一人，也没有表达能力，就只能按照规章制度。作为兄弟，我也敢说了解你，我也不想你寿终正寝前被折腾一下，所以冒风险给你这个药。具体留或者不留，我要你的一个保证。"

老熊和武爷认真思考过后，老熊选择不要，他儿孙兴旺，不怕走时没有亲人在身边。更重要的，老熊在部队时就听指挥，不愿破坏规矩。武爷则是思考再三，选择留下这两颗药，他知道老赵是一片好心，让自己有一个选择，能在走的时候更有尊严。

三人虽是老头儿了，但是男人爱玩闹的脾气仍是和少年一般。三人制作了许多儿时的玩具，例如摔王牌儿、弹石子儿、四驱车、悠悠球。三个老头儿玩得不亦乐乎，摔王牌儿时三个人蹲在地上，撅着屁股，大呼小叫。直至起来，才感到腰酸背疼，便又让各自的 AI 助手帮忙按摩。

三天的时间一晃而过，俗话说天下没有不散的宴席，三个老头儿纵是不舍，也还是要回归正常生活。

送走老熊和老赵，武爷这才想起来，小郭去哪儿了？怎么这几天也没个消息，生日也缺席了。武爷赶紧询问小迪，小迪摇摇头，说这几天曾多次给小郭发信息，但并没有回复。

武爷心里打鼓，心想总不能是自己要收他做养子，给小孩儿吓跑了吧？但又觉得不可能。他了解小郭，不会这样突然消失。于是便给小郭的护工公司打电话询问，但得到的回答仍是一样，护工公司也联系不到小郭，传给小郭的信息如同石沉大海，没有回信。

一晃又是几天过去，小郭仍不出现，其间也报过警，只是知道人是安全的，但按照规定不能泄露个人隐私。武爷着急了，人没事，但是玩消失？总不会是出什么事了吧。

小郭突然消失成了武爷的心病，思来想去，准备亲自去找找小郭。

可出门这件事却让武爷犯了难，自从妻子离开，他已经很久没出过门了。一来老年人需要相对稳定安静的环境，武爷居家养老条件也都充足，像阳光、新鲜空气、新鲜健康的食物都不缺乏，就没有外出的必要。二来武爷年轻时就比较宅，喜欢在家打游戏、看电影，也就造成了他基本没出过门。

其实武爷如此，许多人也是如此，居家舒适便捷，使得大部分人不是不愿意出门，而是"不必需"出门，人都有惰性，不喜出门反而是 AI 时代的常态。也是因此，国家出台了许多政策，为城市建设了很多户外设施，提倡户外娱乐。

但对于武爷来说，还有另一层困难。虽说武爷看起来五大三粗，大大咧咧的，但毕竟年龄大了，胆子总归还是小了许多。一想到出门就会觉得麻烦，觉得累，这也不能说武爷是害怕走出自己的舒适圈，害怕与社会脱轨太久、害怕和人发生矛盾、害怕不被尊重、害怕出现危险、害怕对自己身体的掌控不足，在多种复杂情绪综合作用下，才催生出了武爷的各种担忧害怕。不然以武爷的性格，估计刚发现小郭失联，就要出门找他去了。

四、未来之城

　　武爷不愿走出家门是有原因的。早在 2030 年"分身"横空出世，首先带来了教育领域的重大改革，由于 AI 辅助技术迅速普及，学生获取知识的难度降低，获取知识的途径无限拓宽。学校的存在价值，已经不再是"教书"，而在于"育人"。许多平庸的老师在"AI 辅助教学"的冲击下显得不那么重要，而优秀的、能够为孩子树立良好价值观的老师显得格外稀缺。良渚区在王秉怀区长的带领下，运用"分身"技术进行了大胆的创新教学，创建新的课堂形式，由资深教师以及数名老师配合讲课，在教育上走出了崭新的一步。

　　与此同时，"分身"技术开始投入医疗行业的急救部门。杭州各家三甲医院的急诊部门成立"分身办公室"，配合在杭州许多社区以及公共场所部署多功能分身机器人，每当有人出现紧急情况，专业的医生可以第一时间分身到现场为患者进行紧急处理，大大降低了意外致死率。王秉怀区长还将优秀的医生资源整合打包进行"分身"配置，为老人提供上门看诊服务，大大降低了医疗资源挤兑。分身机器人在人体扫描、验血、包扎、注射等方面替代人工医生护士，效率大幅提升。很快，杭州成为世界眼中的"未来之城"。

对于良渚区来说，因立体交通等新兴高科技发展迅速，城市再规划、再建设势在必行，国家决定将杭州作为试点城市，建设未来之城。未来之城的选址就定在了良渚区。

"未来之城"的选址最终定在余杭良渚古城，良渚古城作为探索中国文明起源、实证中华五千年文明的"圣地"，"未来之城"屹立在此，具有不可复制的文化传承价值。

当时，世界上对于未来城市的发展路线、设想并不相同。主流的设想有两种：第一种可以简称为"分身派"，指的是不需要彻底改变城市基础设施，而是加快"去中心化、去城市化"，深耕数字技术，让人们分散居住在各地，通过"分身"技术、人工智能、机器人辅助进行正常的工作和生活。

第二种则是全面改造城市，相当于重建城市基础设施。就像过去科幻片中所描绘的那样，在高楼大厦之间，穿行着各种小型飞行器，多维空间到处可见透明的屏幕与数字化信息。人类似乎可以无所不能，大到上天入地的交通设备，小到路灯、垃圾桶，随处可见的科技彻底改变了人们的生活习惯、生产方式。

两种设想，各有优劣，牵一发而动全身，说是影响国运都不为过，因此世界各国都保持谨慎态度，互相观望。

彼时的中国，包括人工智能、人形机器、医疗、材料、交通、能源等多数技术领先于世界。科技公司更是枝繁叶茂，数不胜数。包括缩地集团在内，九大民营企业各领风骚，都在揣测政策方向，当"未来城市试点建设"的消息公布，立刻引发世界瞩目，国内媒体更是连篇累牍追踪报道，有关"未来城市"的各种猜测，以及其中蕴含的无限商机，吸引许多商家嗅着金钱的味道齐聚杭州，各路人马各怀心思，准备在这里一展拳脚、分一杯羹。

王秉怀已过了知天命之年。领命之后，深知责任重大，意义非凡，决心拼上性命也要为国家、为当地老百姓创建一座举世无双的"未来之城"。

对于世界主流的两种设想，王秉怀也有考虑。如果按照第一种路线，虽然见效快，但是估计将催生大量数字产品，只怕老百姓会生活在虚拟世界中，而且这个路线太依赖于企业和地方负责人的能力，总归像是各自为政一盘散沙。

而第二种路线，王秉怀则更不放心。在经济快速发展的时候，人们往往相比较于其他，更追求效率，只怕到时候不仅催生更复杂多变的犯罪形式，还有可能因为各类新兴科技产品的竞争，衍生出复杂的社会问题。到时候一旦出了岔子，人就有被科技反噬的风险，这样的例子古今中外数不胜数。

按照政策要求，王秉怀给"未来之城"定下几个原则：

老百姓生活，要见到阳光，要脚踏实地，绝不能让科技把人封闭在小小的房间内。

人是要和大自然和谐相处的，不能因为人类的需求，破坏大自然的万物生灵。

科技是服务人类的，要以人为本。

"未来之城"要有中国现代化风格，体现中国特色。

要有效控制建设成本，让中国的"未来之城"具备全球市场竞争力。

王秉怀暗下决心：用五年时间，创造举世无双的"未来之城"。

五年后，杭州"未来之城"如期建成并投入使用。王秉怀采用的"分形结构"思路，使城市规划展现出其核心特点，即"自相似性"：无论放大或缩小多少，都能看到相同或相似的结构。在自然界中也能看到许多分形结构——例如一片雪花，放大之后还能看到更小的雪花；树杈的树杈上还有更小的树杈；珊瑚的骨骼脉络，奔腾不息的大河，惊鸿一瞥的闪电；在人体中也有，比如血管。这种结构的神奇之处在于从中取下任意一个局部都包含了整体的所有信息，以至于有人将其视为万物的终极密码。

这种思路作用于城市建设，王秉怀看中的是其优秀的空间填充能力，在国内著名数学家和建筑学家的钻研之下，竟开发出了不破坏自然，而是围绕自然地貌的建筑方法。人们依山而居，傍水而栖，如同大树一般，枝繁叶茂，即便是单看其中一叶，也自成一城。这一设计不仅高效利用了空间，保护了自然，还因为其相似原理，人工智能的算力需求降低，大大降低了成本。采用这种思路也是为了"未来之城"在国内实现可复制性，只要采用这样的机构，各个城市既能保持地方特色，也能按照宏观规划进行有效建设改造。

"未来之城"在建设过程中，对于建筑标准、各类接口等制定了行业标准，定下合约，好比秦始皇统一"度量衡"，使得城市中的各类配件、耗材都有了明确的规格。

为了鼓励居民多做户外活动，城市设计中充分融合了中华传统文化，每个居民区附近都分布着公园式休息娱乐场所，在立体空间中，百步之内便有机器人基站，为市民提供包括急救在内的便民服务，并且接入了警方和医疗的分身系统，如遇紧急情况，最快三十秒，警察或是急救人员就能抵达现场。

王秉怀区长的可贵之处，还在于制定了严格的标准体系。

一是严格审查流程。为避免承包方因贪财做豆腐渣工程，王秉怀区长联合九大企业互通数据，用 AI 做了严格的审查系统，用区块链监控每一笔资金的流向和合理性。

二是严苛的"AI 监工"体系和验收标准。

三是对于承包商的选择，必须通过一系列心理测试。

王秉怀区长相信，选对人，在规范的标准下，有明确的要求，合适的监督手段，"未来之城"一定能够不负众望。

杭州良渚"未来之城"，一经面世，便成了世界上最火爆的景点，人们走在街上，宛如踏入心想事成的仙境。很多人自发在网上留言："不愧是人间天堂，杭州是最现代化的城市。"

还有国外的博主争相估算城市预算，认为总预算不下百万亿人民币。但中国公布建造"未来之城"的预算仅有十万亿人民币。超低的成本预算，高效率的建设速度，令人震惊。良渚"未来之城"，一时间就像古代金字塔之谜，成为许多专家学者研究的典范。

网上对于王秉怀的评价发生了翻天覆地的变化，他不再是那个被污名的"骗子"。

这天，王秉怀离开办公室，正要走出区政府时，秘书提醒王秉怀："王区长，您一会儿出去，要小心。"

王秉怀笑着点了点头，随后走出办公大楼。他看到区政府大门口围着很多人，每个人的脸上都露出崇敬的笑容，就连旁边维持秩序的警察也是笑容满面。当看到王秉怀走出来的时候，人群中发出雷鸣般的欢呼，许多人举起手机，对着王秉怀录像。

王秉怀挺直了腰板，挺起了胸膛，他冲着人群敬了一个礼，那是一个无可挑剔、堪称完美的军礼。那一刻，他想起父亲年轻时在部队立功受奖的那张照片，他被眼前热烈的人群感动了，他的眼眶湿润了。

"相信你坚持的，坚持你相信的。"他再次想起这句话。

在良渚这片被时光镌刻的"天选之地"，五千年前的人类文明曙光与五千年后的"未来之城"在此交叠——当史前玉琮的图腾纹路与未来立体交通的枢纽产生共振，时光长河在此蜿蜒回旋。这座即将破土而出的未来科技城，既是对良渚先民仰望星空的精神续写，亦是人类文明在时空褶皱中预设的终极应答。玉鸟振翅的刹那，青铜器上的饕餮纹正悄然蜕变为"未来之城"熠熠闪耀的源代码。

五、吉市港

　　武爷终于下定决心走出家门亲自去找小郭，这个决定让小迪很开心。武爷常年不出家门，让小迪深感无用武之地。作为私人 AI 助手，小迪的职责就包括保护人类身心安全，帮助人类健康生活。小迪当下就帮武爷做攻略，安排出行计划，还安慰武爷说这次出去，就当出门游玩儿了。武爷却不放心，准备了好多东西，像老赵给的药，还用老熊送的 3D 打印机做了好多玩意儿随身带着。找出了自己喜欢的风衣、靴子，还有牛仔裤，直到压缩背包都要装不下了，才罢休。其间还笑话自己，说年轻时最不喜欢为出门准备太多东西，喜欢轻装简行，赵灵说要带东西还嫌麻烦，如今自己出门却啰啰唆唆带了这么多。

　　晚上临睡前，武爷把全部要带的东西收拾妥当，便准备早点上床好好休息，等待第二天一大早出门，先去吉市港看看。睡前还在反复琢磨，现代社会安定，各类设施都很发达，应该不会有什么问题吧。

第二天早上八点，吃完早餐，在小迪欢天喜地的催促下，武爷终于走出家门，踏上寻找小郭的"冒险"之旅。

按照小迪的安排，并没有选择租车出行。AI 时代的公共交通和私人交通是分开的，公共立体交通系统的安全和便捷是依靠强大的中心 AI 计算，那是王秉怀主导的城市大脑指挥系统。在这个系统内，每个人的出行都需要提前设定好规划，由个人的 AI 助手发送数据给中心 AI 系统进行统一安排，用户只需提前十分钟让 AI 助手对接，即可获得不错的公共出行体验。相反，如果选择私人交通，则远远比不上公共立体交通，往往个人驾驶到一个地方，还需要额外申请接入公共交通道路。因此，政府更鼓励选择公共交通出行。

武爷居住在 19 楼，看到武爷背上收拾好的背包准备出门，小迪瞬间缩小了身子，变成一个宠物猫的大小，飘浮在武爷的身边。打开房门，楼道足有四米宽，这也是按照新的建筑标准建成的。整个楼道看起来更像是一个地铁站台，每个房间的对面都是一个小型的闸口，此时武爷面前的"站台"闪着绿光，上面提示着请在七分钟内完成乘车。武爷再次调整了呼吸，走了过去。

小迪先武爷一步飞了过去，在闸机前完成了检票。闸口打开，武爷向里面迈去，进入了一个三面有窗户、两米见方的小房间，里面有一个舒服的座椅，座椅大小像是过去高铁的一等座，座位前面有一个折叠桌，座位斜后面则是行李架，除此之外便什么也没有了。这个小房间就是"车厢"了。

因为武爷想要从小区直接出发，每个房间的接口只能预订最多五人的车厢，如果想要更大的，便需要去远一点的车站进行中转。武爷的这个车厢便是最基础的，不带卫生间，除此之外还有更大、更豪华的，像更有钱的人便会自己购买车厢，可以定制，内容上花样繁多，但外形上却都是方形的。

武爷在座椅上坐好，时间一到，车厢便顺着电磁轨道向上滑行，从外边看，有点像过山车，不过车厢里面却非常平稳。这个时代的人熟悉了，也不觉得害怕。车厢本身便是一台小型的飞行器，可以做到短距离的行动，但如果距离稍远，便需要接入由中心 AI 统筹的"列车"了。

此时车厢已经滑行了一段时间，在小区的上方飘浮着，也就在此时远方的天上飞来一串长长的列车，速度很快，只需十几秒就接近了小区的上方，靠近了一看，便是数个车厢相连形成的"列车"。只见武爷的车厢一加速，列车便像吸磁铁一般，把武爷的车厢给吸了过去，驶向远方，目标未来之城——吉市港。

AI 时代的立体交通，如果简单来说，便是由一个个车厢组成列车，驶向各自的目的地，再分离列车，到达终点。即便乘客想要从杭州到北京，其间如果不想休息，便可以买联程票，车厢会自动组合、分离，一路抵达北京，中间不停站，也不需要换乘，速度上也几乎没有衰减。效率高、方便、隐私性好都是公共立体交通的优点。

小郭曾经提过他的家在山东省淄博市。按照小迪的计划，晚上的时候，武爷便要预订一个卧铺车厢前往淄博。哪怕是通过立体交通，也需要三个多小时。

武爷第一站的目的地是未来之城最有名的"吉市港"。吉市港是杭州近两年为了鼓励市民多做户外活动而创办的，本质上是集合了吃喝玩乐众多商家的户外商场。只不过每次举办都在不同地点，像城市中的大街小巷、名胜古迹，时不时地都会有吉市港的身影。每次出现，商家也各不相同，每次商家报名，便根据地点风貌特色，各显神通，做符合特色的装潢和活动，是以来吉市港游玩，每次体验都不相同，玩几次都不会腻。活动方还会在吉市港中设置隐藏的游玩关卡，用于大家收集打卡，奖品也很丰厚，加上宣传和政策，鼓励大家多外出活动，吉市港便是近几年最火热的户外商业活动。吉市港就像是游走于城市之间的马戏团，不用宣传，就能产生吸引力，实现促进经济、户外娱乐、传播地方文化品牌三全其美。

吉市港每天都有活动，只不过营业时间不定，工作日，大部分都是晚上营业，夜市；而周末则大多白天营业。今天的吉市港在良渚古城，也就是武爷即将抵达的地方。

　　只见列车抵达了吉市港附近，许多车厢便像下饺子一般从列车上分离，又在空中重新组合成为一个"小列车"，匀速地下降。武爷在车厢内，微微有一些失重感，像坐飞机，待到落地时却很平稳。

　　一开车门，门外便传来了史诗般宏伟的音乐，欢迎诸位的到来。天空中一条红色的飞龙喷吐着火焰朝众人飞来，武爷知道是特效，便笑吟吟地看着。天空中的飞龙盘旋了两下，吸引着众人的目光，最终降落在吉市港的大招牌上，这条飞龙起到了引导的作用，将众人的视线集中到入口的招牌上。只见招牌是复古的铜浇铁铸的风格，四周有绿色的藤蔓缠绕，招牌的柱子上还有许多铁丝网，给人一种内有危险的感觉。

　　此时周围已经有小孩子开心地大叫，冲向招牌了，趴在招牌上的飞龙也很配合，冲着小朋友们吐火，逗得孩子们一惊一乍，开心得不行。

　　"武爷，今天的主题是巨龙与魔法，看起来便是地下城相关题材了。"

　　武爷点点头，他玩过很多相关题材的游戏，对这些也不陌生，此时也是童心泛起，跟着人流走进吉市港。

　　吉市港的成功离不开 AI 和全息投影的功劳，这两项极大地节约了成本的同时，又保证了娱乐性。主办方制定主题，参与的商家按照主题出创意和玩法，AI 负责制作和操控全息投影。商家只需要带着商品，不需要太多时间准备，就能开展一场集娱乐和品牌传播的盛会。每次在吉市港出场的商家都能得到很不错的品牌曝光，尤其是娱乐功能强的，更是广受大家的欢迎。

吉市港内一副中世纪的街道模样，许多房屋的门口都用全息影像覆盖了一层石头质感的外壳，里面的工作人员和 AI 助手更是打扮成中世纪欧洲人的样子。小孩子们一马当先冲了进去，很快就被各个工作人员扮演的角色用手里的糖果、玩具吸引走了。其中一个身穿黑色铠甲的武士胖乎乎的，很是可爱，深得孩子们的喜欢。黑铠武士冲着小朋友们大呼小叫，忽然拔出腰间的宝剑，冲着天上一指，只见一片乌云笼罩在商家附近，然后缠绕在黑铠武士身上，随后宝剑一甩，向孩子们发出挑战。

孩子们的热情一下就被调动了起来，纷纷挥手想要对抗黑铠武士，可两手空空怎么对抗浑身装甲的武士？眼看攻击无效，一个个的小眼睛都滴溜溜地转，就看到了黑铠武士所在商家摆放在外的商品，其中有小宝剑、小盾牌、小法杖一类的玩具，于是马上就冲了过去，央求着父母给自己买。父母哭笑不得，纷纷下单。其实这正是商家的阳谋，由于科技无所不能，商家的广告战可谓是八仙过海，人的精力和时间被无限制地占用，国家不得不推出了许多政策限制过度营销，所以许多商家才想出了这样的办法：你看，我并没有打广告，小孩子自己过来求着买的，我可没有违规。

孩子们拿了装备，身上便被全息投影覆盖，幻化出了勇者的模样，一个个都虎虎生风，组队和黑铠武士展开决战。不一会儿，黑铠武士就败下阵来，身上的投影消失后，变成一个中年店员。

只见那个店员向孩子们道谢，感谢孩子们拯救自己，说吉市港内出现了邪恶的魔法，会附身在市民身上，变成黑魔王的手下，只要打败他们就会获得经验和奖励，还有机会和黑魔王一决高下。

武爷看着笑出了声，看来这便是这次吉市港给孩子们的"主线任务"了。孩子们通过探索吉市港内的商店，找到隐藏的宝藏，打败互动的真人 NPC，收集线索，最后挑战 boss，应该就是这样的套路了。武爷看着孩子们眼神里爆发出金光，便知道他们都被商家拿捏了，只怕一会儿还有神圣属性的水果、矿泉水，只要购买就能增加超能力呢。

武爷不知道，这种游玩配件并不是一次性的，更像是网络游戏里的装备，其中数据都是互通的，可以简单理解为一个线下的真人角色扮演类游戏，玩家不仅可以通过攻略 boss，甚至彼此之间还能切磋，非常火爆。许多道具在线上还无法购买，只能通过吉市港这样的线下活动获取，在玩家中算是稀有货，也难怪小孩子看见了就走不动。

武爷已经很久不玩游戏了，也不打算入坑，便继续往里面走。远远地，武爷便被一家服装店吸引了眼球。那是一家复古时装店，里面是复刻中国各个时代的经典款式。武爷当下就和小迪走了进去。

商店的外表虽然是中世纪风格，但是里面仍是商店的特色装扮，涵盖了从20世纪70年代到2025年之间的经典穿搭。像花衬衫、皮衣、喇叭裤，还有当时许多网上火爆的创意服装，可以说是非常齐全。武爷本身就是一个复古爱好者，买衣服就喜欢经久耐穿的，往往越穿越喜欢，时间久了，给衣服赋予的意义更多，就更有感情了。有这样想法的人多了，衣服越穿越破，反而成了一种特色风格。武爷身上的衣服，便都是穿了许多年的衣服了，穿在身上也不显过时，反而另有一番风采。

武爷对这些衣服很感兴趣，尤其店里还有很多老物件，甚至在其中还看到了给缝纫机加油的小油壶，武爷心里痒痒，总想着要不买两件回去玩玩。其实武爷这些年买了不少，他的老伴儿总是说他给家里买破烂儿，武爷也不敢和老伴儿说真实价格，这些复古的东西虽然看起来破，价格却一点都不便宜。

只是这一次武爷翻看衣服，却没有看到价格标签，心里感到奇怪，便向小迪询问。

"武爷，您这就不懂了，现在都有了新玩法了。"

"什么意思？"

"您想啊，像您这样的，都是体面人，体面人看价格标签，万一不买了，还让人以为是买不起呢，那不叫人笑话。"

"那也没什么笑话的，价格不合适，肯定就不买了。"

"对啦，像武爷您这样的，肯定是不在乎，保不准还要和商家砍砍价，找找优惠，一来一回，做成生意，对不对？"

"对啊，怎么了？"

"可是你想啊，现在的小孩儿，要是看见价格不合适，也不好意思说，直接就走了，心里还留下一个印象，这个牌子的东西，死贵死贵的，时间一长，就没人来买了，您说是不是？"

"对啊！是这么个道理。"

"所以商家想了个办法，让大家都体面。"

"怎么体面，我怎么没明白？"

"武爷，您瞧好了，我去也。"只见小迪从武爷身上飞出去，盘旋在店铺的上头，一叉腰，大喊道：

"店里怎么没个人，快给我出来！"小迪喊的声音虽大，但武爷听出来了，这是从听觉神经里传出来的，像是戴了耳机一般，并不是真的大喊大叫。武爷转头一看，别的客人也没听到，这才放了心。

只见到另一个 AI 助手从店铺里面飞出来，跑到小迪面前，点头哈腰的。

　　"这位爷，有什么吩咐啊？"

　　"我家老爷看你们这个皮夹克做得有点意思，你给说道说道吧。"

　　"好嘞！这款夹克复刻的是咱们新中国成立之初，劳动人民的工作服，板型上做了时尚的调整，取色都是参考大地的颜色，质朴温暖。您看看这皮料，都是百分之百国产的全植鞣马皮。您要是再搭配这个，复刻中国工农红军的冬袄，那真叫一个帅呢。"

　　AI 店员随即给小迪展示了一个效果图，图里的武爷身穿牛仔裤、大靴子，搭配上工作服，外面套一个冬装熊毛皮袄，看起来好一个硬汉，威武霸气。

　　"问你皮袄了吗？这刚秋天，穿个皮衣都嫌热，你推荐皮袄干什么。"

　　"迪爷，这就是我的本职工作，我看武爷这是天生的衣架子，穿什么都好看，我就赶紧给推荐一下。"

　　"武爷长得帅，这倒是不错。现在就单说这个皮衣，价格怎么算啊？"

　　"价格都好说，给您打个折，要您 15799。"

　　"哎——哟——喂！"小迪捏着嗓子，拉长着音调，阴阳怪气道，"你这不是纯黑店吗？要宰人做人肉包子吗？这么想要钱，您直接朝我这儿来一刀不好吗？"说着就把脖子朝前伸，一手比作刀子状，要让 AI 店员砍自己的头。

"迪爷，您这就是开我玩笑了，我哪敢宰客啊！我们这衣服都是真材实料，手工制作，要价，那真是再合理不过了。"

"别在那儿放屁，我都查过了，纯中国制造，最上好的马皮也不过 1000 块钱一张，一件皮衣算你用两张，纯棉的内衬我算你 200，袖口的羊毛螺纹，我看你也是定制的，我也算你 200，五金拉链，我往高了算，就算你 50。手工制作，你可别讲笑话了，人工参与能用 5% 吗，我就算你 300 块的人工费，成本不过 2750，您敢要 15799 块？这不是黑店是什么？我给你说个实在价，3000 块钱，行的话我们就拿走。"

这回轮到 AI 店员哭爹喊娘了。

"哎哟！夭寿喽，哪敢这么砍价哦，这样一来，我赔得连维护的算力都付不起了，裤衩都赔掉了。我们这么大个公司，您行行好，场地租赁不要钱啊，雇用我们这些销售不要钱啊，我们 AI 不用做培训啊，店员不用养家糊口啊，就算按照您这么算，一件衣服只赚 250 块，您这不是说笑话呢，真这么卖了，我才真是个二百五呢。"

"卖一件是 250 块，卖一百件就是 25000，怎么？非要一件就赚一万多才能活吗？"

069

"迪爷啊，像咱们这种复古店，本身就是个小众圈子，别说是一百件、一千件了，就是十件也难卖，这都是情怀的附加价值。"

"那就是了，你卖这么贵，别说十件了，一件都卖不出去。"

武爷看着两个AI吵架，心里觉得好笑，两人便像是说相声一般，相互扯皮，但是听得他们吵架，武爷心里也有了数，知道这件衣服成本确实不低，又拿起来仔细摸一摸，看一看，质感也确实上乘。知道这是一件能穿几十年的衣服，但自己又哪有几十年去穿？心里正有点难过，突然转念一想，正是没几年了，难道不该享受一下吗？总不能知道了生命终点，每一天脑子里就想着一个"死"字吧？当下心里盘算一下，这个衣服3500元是个比较合适的价格，心念一动，就传话给小迪。

小迪那边得到信息，便和AI店员吵得更凶了，两个人似乎到了杀价的关键点，两个人频繁地报数字，最终价格就锁定在3399元。

只见得AI店员点头哈腰地飞回店铺后面，随后一个三十来岁、一身复古穿搭的男性销售便走了出来招待武爷。

这位复古穿搭的销售小哥温柔有礼，服务态度极佳，武爷也不磨叽，挥手买单，甚是潇洒。

这便是人和AI助手的合作了，人好比面子，AI助手好比里子，AI助手去说人不想摆在明面上说的、做人明面上不愿意做的，人和人之间的相处便都是和和气气，体面风光。就像以前时候摆茶阵、做生意讲价在袖子里面打手势，现在的人与人之间的沟通先用 AI 相互协商，去解决诸如鸡毛蒜皮的讨价还价，留给人和人的相处，就总是温馨美好的有里儿有面儿。

其实刚刚 AI 之间的吵架多是一种表演性质，目的是让顾客看着开心，心里觉得舒服。每个人都有定制的价格，这事儿也不新鲜，早在武爷年轻的年代，直播带货、大数据推送网购、千人千价都是这个道理，只是加上了 AI 多了一丝体面、添了一份娱乐性。

拿上皮衣，武爷开开心心地再次启程。出门不远，便见到了一群人围在湖边，其中多是七八岁的小孩儿，还有很多十几岁的少年。武爷走近一看，原来此地的活动是致敬在中世纪题材影视中常常出现的"亚瑟王的石中剑"。只见一柄宝剑插在一块石头中，只剩一个剑柄在外边，此时围观的许多人是在尝试从石头中把剑柄拔出来。

在文艺作品中，拔出宝剑便寓意着有"成王的资质"，代表持剑之人是"天选之人"，肩上背负着莫大的使命。这样的处理在许多影视动漫中都被致敬过，而在吉市港，拔出剑的人便能获得特等奖，可以免费换取吉市港中任意一件商品。这个奖品不可谓不丰厚，要是只买最贵的，估计也能相当于两三万元的奖金了。

只见得一个个人排队上前尝试，却没一人成功。每一次失败，后面的人都长出一口气，同时眼神中的期待便更多了。武爷也好奇地观察，想看清其中的奥秘。

　　武爷心知，这种机关设定必然不是依靠运气，不然太过无聊，也不可能是依靠技巧，因为每人尝试次数太少，用技巧便和运气抽奖无异。如果是以前的游乐场，那么周围必定有一个工作人员遥控这个机关，但是选择的标准又是什么？如果只是看对眼了，随便一个孩子便能获得大奖，那么也太不公平，除了逗孩子玩，没有意义。武爷猜测，解题的关键一定不在剑本身，于是四下观察。石中剑的周围是一个人造湖，搭建得非常美丽，草木鸟兽都是真实的，并没有投影做机关的样子。

　　于是武爷便走到湖边，朝湖水里面看，只见湖水清澈，再仔细一看，果然让武爷看出了端倪。湖水里面有许多石头，其中有一块石头与插着石中剑的一模一样。当下就想到了，过去有一部影视作品，将石中剑塑造成为一柄被湖之精灵赋予了魔法的剑，变成了一柄无影剑，敌人看不到剑锋具体有多长，难以判断，是以对敌之时无往不利。

　　武爷一笑，将手伸入湖水，一摸，果然，在这块石头上，有一柄透明的剑柄，武爷一提，轻而易举地就将剑拔了出来。当剑被拔出的那一刻，整个剑体爆发出金色的光芒，原本还在尝试拔剑的小孩儿们纷纷朝武爷看了过来。

只见原本的那柄拔不出来的石中剑化作碎片消失，武爷手上的这一把逐渐有了实体，散发出淡淡的金色，甚是华丽。"石中剑！"周围的小孩儿大呼小叫，眼神里充满了兴奋和羡慕。武爷看到一群孩子围了上来，把自己当作英雄，心里非常受用，正想着干脆把这个玩具送给一个小孩儿，突然间，天上出现一个冒着金光的精灵，周围的音乐也变得神圣起来。

"恭喜你，被选中的王者，你获得王者之剑，你可以攻打最终 boss 了。"

周围的小孩儿欢呼雀跃，原来这便是隐藏的道具，只有获得了王者之剑，才能够挑战最终的 boss。可武爷却感到奇怪，明明只是一个游戏道具，却为什么会用"王者""攻打"一类的词语？一般来说，这种中世纪题材的游戏都会用"勇士"等词语，目的是让玩家更好地代入，是一个永远在"行进中"的身份，从而有动力一步步攻克难关，很少会让玩家直接变成"王者""将军"一类的只需要坐镇后方的身份。

武爷本想送出的剑停留在了手中，心想，让孩子们轻易获得一件大礼并不一定是好事，于是便扭头问那个飘在天上的精灵：

"挑战 boss 有人数限制吗？"

"没有。"

"那都有什么规则？"

"挑战不限人数，但机会只有一次，成功的话除了丰富的经验和游戏币，还有限定的隐藏道具，失败的话就什么都没有。如果组队挑战的话，在游戏中被 boss 击败，淘汰的人也没有奖励。"

武爷一听，心里便有了想法，扭头对一帮孩子们说：

"小的们，你们都听好了！你们有谁，有把握自己一个挑战最终 boss？如果有的话，我就把这个王者之剑送给他。"

孩子们猛地一听，心里也有些打鼓，加上有点害羞，不敢第一时间接话，武爷便抓住孩子们犹豫的空当，接着说：

"那你们想不想跟我一起打 boss？"

"想！"一群孩子异口同声地大喊。

"好！那你们就要听我指挥，谁不听话，我就不带他进去。好不好？"

"好！"小孩儿们听后，一个个站得笔直，挺起了自己的胸膛。

"你们先都说说，你们都是什么职业的？"

小孩儿们，有的说是法师，有的说是战士，还有的说是负责治疗的牧师。武爷听后，就按照职业给他们分队，吩咐他们站好听命。

"小的们！有组织无纪律，那是一盘散沙，啥事都做不成，但要是有组织有纪律，那咱们就可以齐心协力，攻克难关。一会儿进去了，你们都要听我指挥，好不好？"

"好！"小孩儿们又是异口同声地回答。武爷满意地点头，随后告知精灵，准备开启 boss 战。

只见精灵手一挥，位于湖边的这片区域暗了下来，气氛也变得阴森了起来，忽然听到一声巨响，远处的树木似乎倒了一大片，湖水也因为震荡泛起了涟漪，虽然不是真的震动，但是大家却似乎也被震了一下。

湖的对岸，刚刚倒下树木的地方，一个浑身缠绕着暗紫色烟雾的黑色身影突然拔地而起，一个跳跃，重重地落到了众人面前。一阵劲风刮起沙石，吹到众人的面前，虽然是特效，但颇为真实。这个 boss 长着鳄鱼的脸，身高足有三米，浑身覆盖着黑色的盔甲，缠绕着暗紫色的烟雾，但并不恐怖，反而有点卡通。

这个鳄鱼脸的怪物按照游戏里的惯例，先是大声吼叫了一声，随后身边的音乐开始转变，变得急促紧张，昂扬着战斗的欲望。

鳄鱼脸的怪物从虚空中抓出一把长柄斧，便要冲着众人砍过来。一柄长斧拖在地上，地面上的泥土像有了生命一般，爬上斧身，不一会儿，斧头便聚集起了一座小土山，眼看那鳄鱼脸的怪物就要用力一挥，将小土山砸向众人，武爷赶忙喊："小的们！有没有会水魔法的，都给我用水魔法打那个土山。"

小孩儿们一听，那些有法师职业的便纷纷挥舞起魔杖，嘴里念叨着"奔流到海不复回""疑是银河落九天"。武爷一愣，心想这不是诗句吗？赶忙问小迪，这是怎么回事。

"武爷，这您就不知道了。这个游戏，法师想要用魔法，咒语就是诗词歌赋，游戏里面的教程就是这样，先让玩家看一个大瀑布，然后心里想着瀑布的宏伟，再念出相对应的诗词，法术才能施展成功。"武爷赶忙说："妙啊！"

只见天空中真的有几颗星星亮了起来，仿佛落泪一般，水滴聚集在一起，向下坠落。虽然看得近，但那水势却仿佛真的像从银河落下一般，愈发地凶猛，不受控制，待落到地上，便如同一条蛟龙一般，冲向了土山，缠住了鳄鱼脸的怪物。

鳄鱼脸怪物用力一挣，水龙便消散而去，看来这样的攻击对它并不生效，但水却浸湿了泥土，土山便如同沼泽一般变得泥泞。这时有一个小孩儿赶紧大喊："树木丛生，百草丰茂！"只见得泥土之中迅速长出了许多植物，将斧头紧紧缠绕，鳄鱼脸怪物拔不出来，一脱手，便摔了个屁股蹲儿，同时头上显现出了代表眩晕的星星。

武爷赶紧大喊："拿宝剑的，使棍棒的，上去揍它！"

一个小孩儿反应最快，舞了一个剑花，挺剑而上，剑锋抖动，许多剑气从剑刃上发射而出，击打在怪物身上，虽使的是中世纪的阔剑，但用的路数却是中国剑。武爷看得新奇，心想，一个小孩儿怎么会武术套路。小迪便赶紧解释道："武爷，这也是游戏的设定。您别小瞧小孩儿，人家用的可是正宗的武当剑术。人家把功夫记录在虚拟现实里，小孩儿想在游戏里使用技能，就一定要跟着游戏里的师傅学武术，舞得越对，招式的伤害越高，玩游戏的同时也能强身健体。"武爷一听，十分开心，心想这才是寓教于乐的好游戏。其实现在许多手艺都失传了，把武术等传统技艺融入游戏里，也是一种妥协。

又见一个耍棍的小孩儿，舞得虎虎生风。小迪在旁边解释，那是少林棍。小孩儿学东西本来就快，加上有兴趣，各种武术招式倒是耍得有模有样。小孩儿们一拥而上，各显功夫，怪物受到了许多伤害。可马上，鳄鱼脸怪物头上转圈的星星消失了，这代表眩晕时间结束，小孩儿的攻击没了作用，赶紧听指挥撤退。

那鳄鱼脸怪物站起身来，没了斧头，便要空手用两个拳头朝众人攻击。靠前面的几个战士职业的小孩儿被这个怪物追得到处乱跑，一会儿"哎呀"大叫，一会儿笑呵呵的，嚣张地冲着鳄鱼脸怪物大叫，只是大家的攻击都对怪物失去了作用，大家一时间也没了办法，几个小孩儿纷纷看向武爷，小眼睛里面水灵灵的都是期待。武爷感觉被寄予了厚望，赶紧想办法，想到刚刚怪物摔倒的样子，赶紧说："小的们，谁会用土系的魔法，给它脚底下做几个台阶，咱们再摔它一个大跟头！"几个小孩儿一听，开心地拍起了小手，纷纷使用魔杖，嘴里念叨着诗句，在怪物脚底下造起了一个个土制台阶。

只见那怪物左一步，右一步，每走一步，脚下都凭空生成一个更高的台阶，于是越走越高，待得有个三四米高时，武爷喊道："可以啦，意思意思就行啦。"小孩儿们听指挥，将土制台阶散去，只听"轰隆"一声，那鳄鱼脸怪物从空中摔下，又是一个大大的屁股蹲儿，怪物头上冒出转着圈的星星，再次陷入了眩晕的状态。只是这一次不同的是，怪物的铠甲有了碎裂的迹象，里面暴露出红色的光芒。

小孩儿们又是一拥而上，要出功夫想要击倒怪物，看着击打的反馈特效，确实对怪物造成了伤害，只不过铠甲碎裂处的红光越来越亮，隐隐约约有了不稳定的迹象。小孩儿们只道是怪物快要被打败了，更加地拼命。

武爷觉得不对，这样打 boss，虽然也不简单，但是也不需要手里的王者之剑啊，感觉不合理，就大声喊道："小的们，都别打了，停下。"

小孩儿们一听，犹犹豫豫地停了下来，眼睛都还盯着怪物，怕错过攻击时间，怪物恢复过来。武爷又喊道："你们都退回来！咱们不都说好了，听我指挥，你们说话算不算数？难道都是小骗子吗？"

小孩儿们一听，就不乐意了，气鼓鼓地退了回来。武爷看完，手持王者之剑，走向鳄鱼脸怪物。小孩儿们更生气了，心里道：原来你这个老头儿想抢人头，自己独揽奖励。当下心里更是不服气，认为一个大人，让小孩儿在前面出力，自己坐收渔翁之利，好不要脸。

在角色扮演类的游戏中，往往有"最后一击"的设定，那便是谁给予了 boss 最后一击，便能获得特殊的奖励，是以小孩儿们都以为武爷是个贪心狡猾的大人，心里不乐意，但想到游戏前的承诺，倒也没有人上前去争抢。

武爷不慌不忙地走向怪物，旁边的小孩儿看得心急，其中一个沉不住气，就喊了出来：

"抢人头的糟老头儿！"

武爷听到，随口就回骂道："爱说谎的小破孩儿！"

"坏老头儿！"

"小臭孩儿！"

"我才不臭，你臭！"

"你臭，你个小破孩儿。"

武爷为老不尊，边走边和孩子对骂，气得小孩儿哇哇直叫，旁边的家长看得捂着嘴偷笑。

武爷走到怪物身前，见到 boss 还在眩晕，心里便有了答案，举起宝剑，冲着怪物轻轻一挥，只见宝剑撞击到怪物的铠甲之上，"啪"的一声，这华丽无比、闪耀着金色光芒的王者之剑碎掉了。

站在后方的小孩儿们都傻了眼，愣了一会儿，纷纷想要上前协助攻击。武爷又赶紧大喊："哎！干什么呢，都别过来。"小孩儿们心想，你这老头儿也太贪心了，自己没本事，把宝剑都玩儿坏了，还想着抢功劳呢。正要开口反驳，只见怪物铠甲上的裂痕越来越大，里面透露出的红光也越来越不稳定。

"轰"的一声，怪物爆炸了，一片白光笼罩了周围两三米的地方。几秒过后，光芒散去，怪物褪去了铠甲，变成了一只人形的大鳄鱼，武爷身上覆盖了一层光芒，代表着角色被淘汰。小孩儿们都蒙了，呆呆地看着武爷。

武爷看着孩子，往一旁走，边走边说："还愣着干啥，揍它啊。"

小孩儿们纷纷反应了过来，对着怪物疯狂输出，怪物没了铠甲的保护，所有的攻击都能奏效，不一会儿，在小孩儿们的缠斗下，怪物就倒下了，化作飞灰，消失了。与此同时，一道光束冲破乌云，伴随着声效，天空再次晴朗，美丽的精灵再次出现，向众位玩家道谢，并发放了奖励，只是这奖励却不包含武爷的。

几个小孩儿为武爷抱不平，问为什么不能给爷爷奖励，精灵也只是回答，按照游戏规则，被淘汰的，不能拥有奖励，随后就消失了。小孩儿们气鼓鼓的，有的哼哼唧唧的，纷纷把武爷围了起来。

"爷爷，您是不是早就知道怪物会爆炸，您怎么知道的？"孩子们七嘴八舌地问道，眼神里面却没有了刚刚的鄙视，都是心疼和感谢。

武爷心里知道，给小孩子做的游戏，不会太难，大都是益智类的，需要解密，从拔出石中剑就能看出，游戏设计很巧妙。NPC的话语中又都是"王者之剑""攻打"这样的词语，加上石中剑这样的关键性道具，武爷玩过很多游戏，便猜到了，这游戏不仅需要团队合作，而且需要有人放弃荣誉，为团队牺牲。看到孩子们围着自己，便柔声说道：

"爷爷以前是消防员，所以爷爷知道，越是荣誉的背后，越是付出和牺牲。爷爷以前的战友，越是立功多的，身上的伤就越多。"

"那不对，为什么好人非要受伤才能得奖？"

"你说反了，我们可不是为了得奖，才去受伤的。"

小孩儿们若有所思，过了一会儿，便纷纷给武爷送小糖果、小玩具，说是要弥补武爷没得到奖励的损失。武爷很开心，陪着孩子们闹了一会儿，便和孩子们告别了。

武爷继续吉市港的旅程，因为最终的boss已经被攻略，游玩区的内容就少了很多，大多都是和各家厂商结合产品做的娱乐活动，武爷也不感兴趣，就直接走到了购物区。武爷不是一个爱逛街的人，但吉市港设计得巧妙，武爷倒也逛得下去，反而感觉不像是逛商场，而是在游玩一个主题乐园。

在购物区走了几步，看到前面有许多 AI 助手飞在天上，各种各样，如果对任意一个感兴趣，视线最终都会被引导到一个商店的招牌——"千变万化奇妙屋"。武爷感兴趣，便想前去看看，却不料这个时候，小迪飞出来反对。

"……武爷，这种店，咱就不去看了吧。"武爷蒙了一下，还以为这是什么不正经的店，但仔细一想，不可能啊，别说是在吉市港，在整个中国谁也不敢光明正大开一些龌龊的店。

"什么？什么意思，这店怎么了？"

小迪支支吾吾地说道："武爷，反正您就别去了，我觉得您也不会在里面消费。"

这一下反而把武爷逗笑了，好奇心更盛："什么意思，不消费，就不能进去看了吗？你快点说说，这店是干什么的，如果是那种规矩很多、要大牌、装大爷的，我就不去了。"

"哎哟，您可说对了，这店就是装大爷的，咱们不去了。"

"怎么装大爷？你说清楚了。"武爷存心想要逗逗小迪，要知道，AI 助手有这样的情绪很是难得，产生这样类似于人的情感，如果不是专门的表演，便一定有他的道理，所以武爷一定要问个清楚。

"哎呀，武爷，这个店，是卖 AI 助手的！"

武爷哈哈一笑："原来是这样，在你眼中，这个店就像是奴隶买卖、人口贩卖的场所了？"

"奴隶也算不上，我就是怕您喜新厌旧，进去逛一圈，别经不住诱惑，把我给换了。"

"你知道我肯定要去，这会儿便用话挤对我是不是，让我进去只看不买，对不对？"

"哎呀，武爷，您就别逗我了。"

"好呀，我和你保证，只有合适了才买，不合适不买。"武爷哈哈大笑，听得小迪心里打鼓。

武爷朝着千变万化奇妙屋走去，四周盘旋的 AI 助手一看到，便纷纷凑了过来。一个身着汉服、相貌清秀、可爱少女模样的 AI 助手，一上来便要挽住武爷的胳膊，却见小迪一个闪身，挡在武爷身前，挥手嫌弃道："去去去去去，都一边儿去。"只见那少女笑呵呵地冲小迪吐了下舌头便跑开了。四面八方都来了许多 AI 助手，小迪便在武爷身边辗转腾挪，四处抵挡，其间还用特效在身上模拟出汗水，叫苦连连去装可怜，希望博得武爷心疼。武爷也不拆穿，看着小迪闹腾，心里很高兴，有种当皇上的感觉。

只是周围的攻势太猛烈，进攻方和防守方都是 AI，都能算是千年的狐狸，一个不留神，还是有 AI 突破了小迪的防线，只见一个可爱的白毛小兽钻了进来，一下扑到武爷怀里，随即一翻身，软软的肚皮亮了出来，冲着武爷抛媚眼，小脑袋也在武爷臂膀里左蹭蹭、右嗅嗅，甚是可爱。武爷仔细一看，这白毛小动物是一只小"陆吾"，是以《山海经》的神兽为参考制作的动物型 AI 助手。武爷看得喜欢，逗得小陆吾在身上四处攀爬。

小迪慌忙之中看到小陆吾深得武爷喜爱，心里嫉妒，又害怕自己回身驱赶小陆吾的时候，别的 AI 助手乘虚而入，便扭过头，冲着小陆吾哈气，试图吓走小陆吾，却不料小陆吾一下子躲到武爷怀里，像是受到了天大的委屈，瑟瑟发抖，惹得武爷怜爱。武爷赶紧用手抚摸小陆吾，小迪只见到小陆吾眼角露出得逞的奸笑。

"好了好了，没事了哈！小迪，你没事儿吓唬人小动物干什么？"

小迪虽是 AI，没有身体器官，但却感到肺都要气炸了，内心暗道：这心机小猫！太狡猾了，今天小爷我一世英名，比不了个卖萌的小畜生。

一直等到确认武爷走进了千变万化奇妙屋，这些赖在武爷身边的 AI 助手才返回了自己的岗位，小迪也终于舒了一口气，只觉得世道太险恶。

其实一个 AI 助手的培养又怎么会是一件简单的事？ AI 本是代码世界的产物，从产生外形已经很不容易了，更何况要像小迪一样，举手投足之间惟妙惟肖，像个真人一般，更是难上加难。要知道小迪可以随意变换大小，对于一般的 AI 来说，变换了大小，许多肢体动作便要重新学习，更何况小迪已经几乎像是有了人的情感一般，这可是武爷训练了几十年才有的成果，武爷才舍不得换掉小迪呢。

这千变万化奇妙屋门口的 AI 也是"非卖品"，说白了是为了炫技。真要培养一个私人的 AI 助手达到门口这些迎宾 AI 的程度，可不是一天两天就行的，这便是这个时代的"买家秀"和"卖家秀"了。

武爷看商店内的商品，看到这家店与其说是卖 AI 助手的，不如说是一个大的改装店，里面可以对 AI 的外貌、性格、动作等做定制化处理。这些武爷是不感兴趣的，这些改装看起来很好，但也仅限于还没有磨合好的新 AI 助手。真正像小迪这样训练了几十年的，随便改装反而有可能出问题。武爷便朝店里面走去，店的内部则又是一幅景观。

这一部分则更像是首饰店，里面陈列的都是例如项链手镯一类的物品。武爷虽对首饰不感兴趣，但想到这家店既然叫作"千变万化"，里面的首饰说不准也有什么奇妙之处。正琢磨的时候，走出一个女店员，武爷一看，吓了一跳。原来这女店员长得极美，根本不像现实世界存在的真人，是武爷这辈子在现实生活中见到过的最漂亮的人。如果说要和谁做比较，也只能是电影里的角色才能一较高下。武爷心里感到奇怪，这个女孩儿长得这么漂亮，怎么却在吉市港当个店员？

那女店员上来打招呼，有点怯生生的，倒是和大大方方的外表不太相符。武爷见到这么好看的人，自己反倒因为自惭形秽有了点紧张，略微调整，赶紧问："这些都是什么首饰？只是装饰用的吗？"

"哦！这些不是首饰，是做成首饰模样的面具。"

"面具？那是什么？"那女店员显然也是一愣，没想到会有人不知道面具是什么，脑子里面想了一下，便决定从头解释：

"是一种便携式的，可以用于人身的全息投影。就像分身人的外貌随时可以变化一样。"女店员又仔细看了看武爷，发现武爷并没有佩戴面具，确实是一个年龄很大的老人，想到或许他对这些领域并不关心，所以不知道面具，也是有可能的，便继续解释道：

"之前这项技术很少在人身上使用，主要是因为纳米机器人在空中投影时太容易被干扰，但其他形式的设备又做得不够便携，续航时间也达不到要求，最重要的，效果上一直不好。我们的产品在这几个痛点上都突破了，现在有超过20%的市民都使用我们的产品呢。"

"哦哟，那我不知道，还真是孤陋寡闻了。这面具能做到什么程度？"

"哦！我给您展示一下哈。"

女店员拿过一个头部的模型，将一条小项链轻轻地套在模型的脖子处，然后轻轻一按，从项链上的宝石中心处散发出一股柔和的、像水一样的面膜，覆盖到了模型的表面。随后女店员调出一个操作台，上面显示了许多可以调整的参数。武爷一看，心里便知道是怎么回事了，这道理就和以前手机上的修图、游戏里的捏脸一个道理。项链起到一个定位和投射全息影像的作用，通过外部调整参数，人就有了完全掌控自己外貌的能力。当下回想女店员刚刚说的，这个技术哪有什么难点，真正难的，是这项技术几乎能完全取代化妆品行业。化妆品那么大的市场和利润，怎么可能让这个技术这么轻易地推广。

武爷点开下面一个预设的参数，只见模型的脸部迅速发生了变化，变成一个二十多岁的青年，面相忠厚，浓眉大眼，一看便让人产生亲近、愿意相信的感觉。武爷看了，想到这是预设的，便想做点和别人不一样的，就尝试调整细致的参数，不过越调整越奇怪，反而不如一开始厂家设定的好看，于是乎越调整越着急，仿佛钻进了牛角尖，想要让模型的相貌达到自己的要求。

其实倒也不是武爷犯了牛脾气，只是武爷在调整面具的时候，将自己代入到了角色之中，把面具视作了自己。人对自己的相貌总是不满意的，总想着怎么能更好看，于是越是拥有调整的能力，越是不能自拔，甚至越看越奇怪，陷入完形崩溃。让顾客自己上手调整面具，也是商家的营销策略，只要上手操作，不怕顾客不愿意买单。所以对于销售店员的选择，也不选择能说会道的，反而选择喜欢研究外貌的，这些店员对自己的相貌不满意，就会每天研究如何调整细致的参数，想方设法地让面具更美，在推销产品的时候，反而比用言语推销效果好上一万倍。

武爷稍微摆弄了一会儿，只见模型的外貌已经和预设中的忠厚老实的形象相差十万八千里，变成了一个胡子拉碴的硬汉，这便是武爷自己的审美了。武爷看着面具，虽仍是不满意，但碍于时间，也只能这样了。

"这玩意儿好呀，有了这个，岂不是人人都能像你这般漂亮了？"

女店员听后脸上一红，她平时面对的顾客还有身处的圈子，大家都喜爱美貌，钻研美貌，个个都十分漂亮，自己心里多少也总是有些自卑，总觉得自己比不上别人，尤其当自己卸下面具后，心理反差更大。平时在网上，好友之间夸奖，虽然都是出于真心，但她的性格便是如此，别人夸她，内心不愿意接受，总觉得别人是安慰她、奉承她，反而不觉得怎么样，今天武爷一把年纪，随口地一夸，却让她害羞起来。

"爷爷，您别笑话我，我这也是面具，假的，我自己长得不好看。"

"那可不是，你这个人这么温柔，相由心生，心善人美，这个道理错不了。"

"没有没有，爷爷您别笑话我了。"

"那错不了，况且面具这个，看起来也都是每个人自己定制的对吧？那说白了，面具体现的是个人的审美，你能做出这么美的面具，简直都和艺术品一样了，难道人还能不好看？"

武爷本身喜欢电影，也喜欢艺术，他的本心是好的，见到特别美的东西，就想夸一夸，谁知道他这么一说，反而让女孩儿的心里不舒服，她本身就不自信，做的面具越美，便越觉得自己身上哪哪都不满意，武爷这么一说，自卑的情绪更严重了。听完武爷说的，只是在那里小声地"哎呀""哎呀"的。

武爷一看，便发觉不对劲，第一时间也没想到说话伤了女孩儿的心，便继续说：

"你能不能摘下面具，让我看看你本来长什么样子？"

此话一出，如果武爷的老伴儿赵灵还在，一定要抽武爷儿个大耳光，大骂武爷这个钢铁直男，一点不懂礼貌。现在面具这么发达，女孩儿又要工作，肯定不会化了妆之后再用面具，武爷的要求，岂不是要见人家女孩儿的素颜，如同在以前，看女孩没修过的照片，别说是陌生人了，就算是很熟悉的人，都是不礼貌的，也只是武爷太久没和女生接触，自己封闭自己太久，一开心就脱口而出。

女孩儿尴尬得说不出话，她生性不好拒绝，属于讨好型人格，要是别的人提出这样的要求，自己虽然尴尬，就算找不到拒绝的理由，也会逃避、躲起来，可她看着武爷的眼神，很是真诚，又是个老爷爷，也是真心夸赞自己，心里更不好意思拒绝了，便有些慌张地说道：

"好……但我真的是，唉……真的是不好看，您就当为面具展现性能吧。"说着心一横，把面具的投影关闭了。

只见面具之下的，是一个鹅蛋脸的少女，相貌温柔，两腮晕红，脸上虽然有几颗被家用美容仪治疗过后的青春痘痘印儿，但配合少女还没完全长开的面容，青春洋溢，非常漂亮，虽然说不上是沉鱼落雁、闭月羞花那种绝世美人，也绝对是漂亮姑娘。

武爷看得稍微一愣，是因为那女孩儿的漂亮而赞叹，却看到那女孩儿明显是内心敏感，自己这么一愣，怕是她该心里难过了。当下便道：

"哎哟！还说不好看，这太好看了。"

女孩儿的脸红得更厉害了，赶紧摆手不让武爷继续说了。武爷更是连连赞叹。

"我可没胡说，我这辈子看了快有两万部电影了，我的眼光那真是堪比导演。"武爷边说边看着女店员。

"你长得很秀气，有江南这边小家碧玉的感觉。要是我来导演《神雕侠侣》，我就要找你来演里面的程英。"

"别别别……我哪能当演员啊。"虽然这么说了，但能看出来，这女孩儿心里还是开心的。

"当得了，怎么当不了，你以为非要和你那面具一样，才算漂亮吗？我老头子一个，也没什么权威性，但是我觉得，人的言行、样貌和灵魂交织出来的那种气质，那是每个人灵魂的美。你看你说话怯声怯气的，做事温柔周到，也替别人考虑，和你的相貌一般美，美上加美，要我看，比你戴面具的时候要好看多了。"

也不能说武爷胡言乱语，他看这女孩儿有些不自信，自己就想着法子夸一夸。武爷本身也不是什么很会说话的人，一通乱说，也算是这女店员心地善良，听到的都往好处想，不然武爷没准会被说是一把年纪调戏小姑娘。

武爷越说越词穷，便往他熟悉的电影和小说上引话题，夸得多了，女孩儿也开心起来，看起来好像也自信了一点，说话也多了起来。武爷这才放下心来，自己也是老脸一红，心想这不是假装文青骗小姑娘吗？其实武爷说的话都出自真心，并没有骗人。

又说了两句，武爷就赶紧离开了。

"武爷，您聊那么半天，也不买人点东西？"

"买什么？是买 AI 助手，还是买面具？"

"面具啊，您买来一个玩玩不好吗？"

"不买了，我要那玩意儿干啥。"

可走了一会儿，武爷忽然停住，对小迪说："衣不如新，人不如故，小迪，我给你买个新衣裳好不好？"

小迪眼珠一转，笑道："好呀！"

于是两人就又返回了千变万化奇妙屋，一进来，刚刚的女店员就出来迎接了，可刚一打照面，便通红了脸。武爷仔细一看，原来刚刚武爷走后，女店员就修改了自己面具的参数，现在一看她的相貌，已不再是那个绝美的女子，反而有三分像自己本来的样貌了。

武爷一下很开心，知道是自己的夸奖，让女孩儿对自己多了点欣赏，但是却不点破，在店里让小迪挑了新衣服，自己还是买了个面具，权当支持店员的工作。

再次离开店，大家都很开心。小迪给自己挑了一身像说相声的长衫长裤，外边套了个皮夹克，虽说看起来不伦不类，但是却是小迪自己挑的，武爷也没说什么。武爷把面具放进包里，想着回头有空再玩儿。武爷和小迪便向着车站出发，准备去小郭所在的城市。

六、弹指神通

在舒适的配有胶囊形单人卧室的车厢度过了四个小时，武爷抵达了淄博。路上武爷睡了一觉，补充了体力，此时的他非但不感觉疲惫，反而神采奕奕。一来是户外活动确实调动了身体的积极性，二来吉市港一行让武爷感到自己都年轻了许多，精神上的亢奋使得武爷身上也轻松了很多。

此时不到晚上 8 点，淄博的夜生活才刚刚开始。自从杭州良渚未来之城亮世之后，国内的城市都陆续进入了再建设。而在长达几十年的建设规划中，其中的细节也在精进、改善。像偏农业的城市如何建设、偏工业的城市如何建设，都被精细地规划，各不相同。淄博作为中国孝文化发源地，是山东省的历史文化名城，融合了深厚的儒家文化。淄博曾经的支柱产业是陶瓷和琉璃艺术品产业，21 世纪初城市发展转型后，陶瓷业和琉璃业逐渐缩小产业规模，转向注重文化与自然环境相结合的文旅产业。山东自古以来注重文化传承，尤其重视教育。淄博的经济发展虽然比不上一、二线城市，在这里居住的人们却总是霸榜全国幸福指数排行榜，淄博的烧烤业闻名世界，到淄博旅游总能感到不一样的温馨和舒适。

一些社会福利机构纷纷选择在淄博落地，也是看中了此地自然风景秀丽、民风质朴，有利于孩子的身心健康成长。小郭从小长大的福利院，就在淄博市区。

武爷先是去酒店办理了入住，按照平时的习惯，晚上八九点就该准备休息了，但武爷今天很亢奋，心里惦记着淄博特色的烧烤小饼，于是借口出去打听小郭的线索，要出去转转。小迪也没有反对，虽然对武爷找到小郭的事情不抱希望，因为在小迪的视角里，AI 助手都搜索不到的信息，武爷只是出去溜达一圈，又怎么可能解决得了。

武爷走在街巷中，看到只要是当地老百姓扎堆的地方，夜生活就非常丰富，烟火气十足。尤其是居民区周围，居民们有事没事都出来转转，随便一个路边店，都摆满了热气腾腾的烧烤炉。

武爷还看到了很多亚文化圈的人聚集在一起，看到了成群结队骑摩托的发烧友，心里一想，便明白了原因，因为淄博立体交通还没有建设太多，私人交通就保留许多，因此周围许多喜欢享受驾驶体验的人都会聚集于此。

武爷按照小迪的推荐，找到一家说是最正宗的烧烤小店。这家依然保留着最传统的制作工艺，纯手工制作，本地人爱吃，来旅游的人也爱吃。据说店主也不为挣钱，是因为就喜欢做饭，而且家里还有百来亩的田，日子过得很滋润。

武爷要了两份小饼，不一会儿店家把烤得半熟的烤串端上来。武爷用面前的小炉子，吃几串就烤几串，一张巴掌大的小饼蘸上蒜蓉酱，撒上芝麻盐、烧烤小料、辣椒粉，卷上小葱，撸下三个吱吱冒油的羊肉串，一口卷饼一口蒜，大快朵颐。

吃饱喝足之后，武爷走在街上，再看到路边的美食，就勾不起馋虫了。但武爷此时走在街上，回忆起过去退伍后的生活，他在杭州曾经开过一家小酒馆，他自己就喜欢和人聊天，自己开店，又能和人聊天，又能看电影，很是自在。此时吃饱了肚子，又看到夜晚街上热闹，心里便有点馋酒，这一下谁也劝不住了，非要找个小酒馆，待上一会儿。小迪劝武爷回去早休息，武爷也不听，干脆也不要小迪推荐，说是要凭着自己的老鼻子，找一家老酒馆。

武爷钻进了小巷子，左拐右拐，纯凭直觉。深入小巷子里，就犯了难，总感觉能闻到酒香，但也着实迷了路，心里不愿意问小迪，好像这样会丢了面子，看到屋檐上趴着一只几何形状的金属小猫，便自顾自地说道："大肥猫啊，大肥猫，你知道这附近有喝酒的地方吗？"其实武爷是变相服了软，想让小迪出来指路，谁知那小猫真的好像活了一般，从屋檐上跳了下来，冲着武爷"喵喵"叫了几声，随后用鼻子指了指一条岔路。原来这是城市里设置的逗孩子玩的 AI 机器人，武爷哈哈大笑，便跟着小猫的指引，往巷子深处走去。

又走了差不多二十分钟，还真让他找到一家酒吧。红砖砌的墙，外表看起来像个土窑洞一般，门口一个老式霓虹灯当作招牌，武爷心说这个错不了，便要往里面走。

"武爷，武爷，您先别急，您听我说一句。"小迪飞过来劝阻武爷。

"干什么？我今天非要进去喝两口。"

"不是，武爷，我不是要劝您不喝酒，我是劝您换家店。"

"怎么？这家店也卖 AI 助手？"

"不是，这家店今晚有聚会，我建议您就别去凑热闹了。"

"有聚会不好吗？什么聚会？"

"我就是怕您听了有热闹，就更想去。人家这家店今晚的聚会是私人的，应该是个什么亚文化圈的聚会。咱们出于安全考虑，就别去了，我给您再找一家怎么样？"

武爷听后点点头，出于安全考虑，确实不应该去，可是看到装修这么有特色的酒吧，又想到走了这么久了，也确实有点累了，再换一家也麻烦，便说道：

"没事，咱们悄没声儿的，不惹麻烦就行。"

"武爷，我先和您说好，淄博和家里不一样。咱们城市规划中，分身基站是根据人口密度布置的，在这里如果遇到问题，警察最快也要三分钟才能抵达现场，咱们还是换一家吧。"

"没事儿，你怕什么，我一把年纪了，还能遇到什么危险不成？"

说完也不顾小迪的劝阻，迈步进了酒吧。

酒吧内部并不大，武爷大眼一扫就知道，这家与自己曾经开的小酒馆思路一样。三五桌，最多容纳十几个人，每桌之间空间都挺大，想热闹也能热闹，不想热闹彼此之间也不会打扰。武爷看着喜欢，就是觉得少了个大投影，没办法放电影，不然看看电影，喝喝酒，别提有多舒服了。

此时酒馆还空着，看来聚会的人还没来，也不知道他们有多少人，心想别自己占了一桌，耽误人家聚会。

"小迪，你看我说什么来着，人家聚会的都没来，咱们早点喝完，早点回去，多好呢。"

小迪点点头，便帮武爷点酒。武爷要了二两黄桂稠酒，状如牛奶，色白如玉，汁稠醇香，绵甜适口。度数低，正是满足了武爷现在小酌怡情的愿望。一口下肚，想起最近的经历，看着小酒吧，又想起了过去的时光，酒不醉人人自醉，武爷自己就乐和了起来，和小迪聊天吹牛。

几杯下肚，大概一两左右，武爷就已经微醺，心想不然就算了，准备起身回酒店休息。也就在这时，门口铃铛响起来，有五六个人走了进来，武爷心想，正好，聚会的正主来了，自己也别惹人嫌，回去睡觉吧。

可定睛一瞧，进来的五六个人，全是和武爷一般，都是白发老人。他们看到武爷，也是一愣，武爷冲他们点头示意，他们明显是想了一下，便坐下了。这一下武爷却不愿意走了。他今天一天，见到的都是比自己年龄小的，虽然开心，但却差点意思。他本身就喜欢和人聊天，喜欢热闹，看到这么多同龄人来此聚会，说什么都要瞧瞧，当下屁股就好像粘了胶水，动不了窝了。

没过一会儿，又陆陆续续来了三个人，一样也是老头儿模样，他们坐在一起，时不时地朝武爷这边看过来。只见其中一个人看了时间，现在正是晚上十一点，便清了清嗓，看样子，聚会就要开始了。带头的那人开始说话：

"兄弟们，咱们都没几天了，今天聚在一起就是为了……"讲话那人正说着，旁边的一个人打断了他，伸手朝着武爷指了指，几个人便低头商量。

武爷听得也觉得好奇，他说"都没几天了"，是什么意思，难不成他们也是"天命系统"的使用者？这个聚会，便是"天命系统"用户的聚会？心底好奇，也朝他们看去。

只见几个人商量完了，之前讲话的那个冲着武爷说："兄弟，要不你也来这边坐？"

武爷听得那人的声音，稚气未脱，一点不像是七老八十的老头儿，倒像个十八九岁的孩子，心里只道是现在流行的什么新奇玩意儿，又或者是这个人声音本来就细，当下不再多想，回答道：

"好呀！那就谢谢了。"武爷拿着酒壶，就和其他九人坐到了一起，相互打了招呼。那带头的人便继续说：

"我们相聚在此，就是为了咱们的生死大事。按照时间上来看，久一点的也就是三五年，快一点的，就说不准了……"武爷一听，心道：果然是"天命系统"吗？眼看在座的几人都面露悲伤，气氛压抑。

"咱们的命都不好，就算活下去，日子也一眼看得到头，做什么都没意义……"武爷听得心烦，心说这个人太不会说话，只是顾及礼貌，没有出口打断。

"我想，既然大家都选择来到这个地方，应该是都做好了决定，那么咱们不如就一起结拜为兄弟……"武爷一听，顾不得礼貌，当下笑了出来。

"你笑什么？"讲话的人被打断，沉声质问道。

"不是，你们要干什么？是不求同年同月同日生，但求同年同月同日死地结拜吗？"

"是啊，有什么可笑吗？"

"可笑，太可笑了，你们也太幼稚，玩儿这种东西，我可不和你们结拜，能活多久都还说不准呢，你们要同年同月同日死，也太不吉利了，不怕真的早死吗？"

"你怎么也说这种骗人的话？"在座的另一个人惊声道。

"我怎么骗人了？"只不过那人还没回答，带头讲话的人就说：

"我们结拜，不就是为了在一天死吗？"

武爷一听，愣了一下，当下冷汗直冒，一下子反应过来了，说："好呀，你们这群疯子，想结伴自杀是不？"

在座的其他九人面色一惊，显然是没想到武爷会把话说得这么直白。确实，他们几人今天在此相聚，就是为了商量自杀的事。

"什么意思，你来这儿，不也是为了这个吗？"

"谁跟你们一样，发了羊痫风，我活得好好的，谁要跟你们自杀。"这句话一出，在座的几人面色各异，都想站起来说点什么。只见带头那人一瞪眼，冲着武爷厉声道：

"好呀，你既然不是，干吗打扮成这样。"

"呸，谁打扮成这样，老子本来就这样。"武爷说完，只见其余人都面露嘲讽和鄙夷。

"我看你才是疯子，你走吧，我们不欢迎你。"

"我才要走，不是你赶我走，是我瞧不上你们，我才要走。"说完，"哼"的一声，武爷站起身就要走，可突然一想，自己这么走了，岂不是显得怕了他们。当下转身，回到自己的座位，又点了一壶酒。那九人看着武爷这样，都发出冷笑，武爷气势也不弱，挨个儿瞪了回去。小迪这时候悄悄问武爷：

"武爷，您别生气，我看他们也不正常，要不要我报个警？您就别掺和了，早点回去吧。"

"几个疯子，你报警管用吗？"武爷只道是几个人不知道通过什么方式，使用了"天命系统"，看见生命的倒计时，得了失心疯。

那带头的人也不再理会武爷，他们九人便开始结拜，却也不见他们有什么特别的仪式，只是喝了酒，便了事了。其间武爷时不时地冷哼，气得那几个人神色怪异，想生气，却又忍住了。

结拜之后，带头的那人就说："我们时间都不好确认了，咱们就取最短的吧……"

这一下，让武爷爆发出来，当下喊出来：

"我呸，放什么狗屁，你们不是什么邪教吧？"小迪飞出来，想要劝武爷，武爷一挥手让小迪静音，然后继续道："我好心最后劝你们，好好活着，健康饮食多锻炼，没准还能多活几天，一天天的。"

对面一人也"噌"的一下站起来，骂道："你怎么又说这种话？"

"我说什么话？我说的话没道理吗？"

"你……你！"那人情绪激动，带头的人拦住了他，转过头来对武爷冷冷地说道："没想到你是这种人，你赶紧滚，我说了，我们不欢迎你。"

"啥？你说啥？老子我今早耳屎没挖干净，听不清狗叫了，你说走我就走，你算老几？"

"好，那我们走。"说着便要带着众人离开，其他人还附和道："对，我们走，不和国家的走狗待在一起。"

武爷这下忍无可忍，一下子爆发了："你说什么？我好心劝你们活着，你们的良心让狗吃了？你们自杀对得起谁啊？"

"我们无父无母，也没有亲人，谁都不会对不起。"

武爷头上青筋暴起，他这辈子最恨不孝敬父母、不尊敬国家的人，当下骂道：

"父母生你养你，你自杀对得起他们吗？"

"我们父母都是混蛋，我管他们呢。"

"砰"的一声，"你他妈再说一遍！"武爷拍了一下桌子，大声吼道，气势惊人，如同一头野兽。

对面也朝着武爷围了过来："说了怎么了？我就说了，父母都是混蛋！怎么着？"

小迪看气氛紧张，情况危急，赶紧报了警，可警察来也还要几分钟，这要打起来，武爷非给他们打死不可。

武爷看到众人围了上来，盛怒中倒还有些冷静，淡定地坐下，一只手举起酒杯喝了一口，说：

"怎么着？我让你们几个王八蛋站着进来，爬着出去！"话一说完，对面一个人举起酒杯，就要朝武爷砸过来。可那人刚一举手，手腕就一酸，手指不受控制，酒杯就掉了下来。

众人一惊，房间里突然安静下来，只有武爷倒酒的声音，还有诡异的"嗒嗒"声。

一人又要抄起椅子，想要打武爷，可椅子还没举起来，上半身便一酸，捂着肋骨处，"哎哟"一声，倒了下去。其他人纷纷惊愕。

"嗒嗒""嗒嗒"……

诡异的声音仍然在房间里响着，带头的那人惊讶地看向四周，似乎想寻找声音的来源，另两人冲向武爷，冲着武爷挥起了拳头。

只听又是"嗒嗒""嗒嗒"几声，那人先是手一软，紧接着腿上也是不受控制，倒了下去。其余几人见状，纷纷想跑，结果还没跑到门口，便纷纷倒下，不是捂着肋骨，就是抱着腿，在地上"哎哟""哎哟"地叫着，惊恐地看着武爷。

武爷也不看他们，自顾自地喝酒、吃花生米。过了大概十几秒，那几人身上感觉酸麻感消失，便要站起来，可谁知刚一站起来，屋内又传来"嗒嗒"声，随即又是身上一软，倒了下去，其他人也是如此，几次之后，他们都倒在地上不敢起身。

小酒吧内陷入了一种诡异的安静，倒在地上的九人大气不敢喘，武爷在桌旁自斟自饮，旁若无人。这样诡异的气氛延续了不到一分钟，门外就传来警笛声，一个中年警察冲了进来，身后还有几个分身仿生人。

那警察脑袋大，脖子粗，一身横肉，看起来有二百多斤，长得很凶。分局接到报警，说是这里的酒吧有十个老头儿要打架，其中要被打的老头儿八十五岁了，患有高血压、糖尿病等几种基础病。分局上下随之震动，非常重视，生怕晚一秒就闹出人命。要知道现在国泰民安，命案都少，这几个老头儿别说打死人了，就算闹出个心脏病都不是小事情。李队带队，民警们急速出动，路上一直惴惴不安，幻想酒吧内的各种情况。

可他一进门，就傻了眼，十个老头儿打架，怎么九个倒在地上，一个还在喝酒？当下不敢大意，熊着个脸，在脑子里盘算着到底是怎么回事，一边暗自在网上搜索，这是什么情况。武爷看到李队，也不先说话，神情淡定，那另外九个则还是害怕武爷，也不敢出声。

只过得一会儿，李队一拍大腿，想到了，心道这九个老头儿必然是碰瓷的，当下放下心来，知道不会再出大事了。但为了安全，还是用携带的扫描仪，快速地扫描了一下倒地的几人，看看有没有受伤，以防出什么岔子。这一扫描不要紧，一下让李队看出问题了。原来警察配备的扫描仪都能使全息投影无效化，为的就是拆穿许多障眼法，李队透过扫描仪一看，原来这九人哪是什么老头儿，分明是九个十八九岁的少年。当下没好气地说：

"你们几个装什么孙子，都站起来，把面具摘了！"一声令下，九个少年再也不敢在地上待着，纷纷站起来，取消了全息投影的面具。武爷一看，也啧啧称奇，怪不得几人的声音那么稚嫩，原来都是在假扮老头儿，只见其中一个摘了面具，心里还不服气，指着武爷问李队："他怎么不摘面具？"

"他摘什么，他又没戴面具。"九人纷纷诧异。

李队先是让几人都坐好，然后用警用的 AI 连接了众人的 AI 助手。如今办案许多事情都简单了好多，每个人都有 AI 助手，像案发时的情况，AI 都会进行实时的记录，那例如当事人、目击者、受害者都有视频备份，甚至说当时的数据分析都有详细的记录。每个人都相当于自己配备了一个行车记录仪，而且 AI 助手在设定上，在面对警方和政务人员时不允许撒谎或是偏袒某一方，所以办案变得十分便捷，只需要把涉案人员和目击者的 AI 数据一比对，也不需要什么口供笔录，都是铁打的证据。

李队的 AI 助手将众人的 AI 数据一比对，迅速地整理出来关键信息，李队快速一看，是怎么回事一下就清楚了，内心是哭笑不得，虽说武爷是一身浩然正气，但是脾气也太差了。但接着一看，就发现不对劲了，首先是这几个小孩儿竟然在密谋集体自杀，这可不是小事，要知道虽然自杀的事情是有的，但是如果涉及集体事件，那就要考虑背后是不是有邪教组织之类的。李队当下不再快进，仔细查看。

见到武爷和九人就要打起来，李队心里也捏了一把汗，但看到武爷安然无恙地坐在那里，心里大感奇怪。在他的判断中，接下来武爷一定会有危险。视频中突然传出来"嗒嗒"声，接着就看到几人摔倒，又往下看，李队的表情好似见鬼了，只听到那诡异的"嗒嗒"声，众人或是摔倒，或者手臂酸麻，怎么也没想明白是怎么回事，便走到武爷身边询问。

"武先生，事情经过我大概都明白了，您的那个'嗒嗒'声，是怎么回事？"

武爷听后一笑，挽起右手的袖子，原来手腕处绑有一个机械的弹簧机关。李队好奇道："老爷子，这是什么？"

"李警官，这是我自己做的小玩具，叫'弹指神通'。"

武爷虽然八十多了，但是玩心不减，自从老熊送给他3D打印机后，武爷就一直琢磨想要做个玩具，一定要比老熊的弹弓强。但想到如果只是外观上，或者威力上胜过了老熊，也没啥意思，关键还是在创意。于是苦思冥想，还真让他想到了个法子。武爷酷爱电影和小说，尤其喜欢战争和武侠题材的，他便想到要用现代科技，将小说里的绝世神功复刻出来。但看了不少，适合老年人的却很少，尤其一些掌法、剑法即便复刻出来，武爷一把年纪也耍不开，但在众多绝世神功之中，有一项深得武爷的喜爱，那便是桃花岛上东邪黄药师的"弹指神通"了。

武爷对这门功夫做了技术拆解，一是"认穴要准"，二是"力道可控"。这两项都可以通过 AI 技术来实现，认穴准就是依靠 AI 辅助瞄准，控制力道便是通过 AI 操控弹簧机关。这样一来，即便是背对目标，也能通过弹珠的弹射，最终精确地落到目标上。武爷心想，这精妙的设计，便是黄药师真的在世，总也比不过 AI 一秒的运算了。做出来之后，武爷非常喜欢，恨不能抱着睡觉，本来武爷就喜欢"东邪"的名号，再加上想到自己如同隐世高人般，低调地行侠仗义，便是比做白日梦还开心。

刚才出现的"嗒嗒"声，便是弹珠发射和反弹的声音了。武爷有意故弄玄虚，吓唬他们，要不真的一拥而上，武爷一个小小的玩具，没什么威力，怎么能抵挡得了，况且这个玩具因为接入了 AI，威力不能大到伤害到人，也不能瞄准人的脆弱部位，例如七窍、太阳穴、喉结等位置。但武爷另辟蹊径，他知道人身上都有弱点，例如刚刚举起酒杯的人，手掌一麻，那便是胫骨和桡骨之间的那根筋，被用力一捏，便会手部酸麻。腰间肋骨的"章门穴"，便是俗称的"软肋"，只要弹珠一打，就会出现上半身酸麻，使不上力气。还有肱二头肌的起点位置，只要轻轻一打，手臂便会暂时地麻痹。武爷便是利用这些穴位，四两拨千斤，既保护了自己，又没有伤害对方。

武爷向李队解释了，李队也感到新奇，当下接入了"弹指神通"的数据，进行检查，果然是符合玩具标准的产品。按理说这样的玩具连个玻璃都打不碎，怎么有这么神奇的效果？当下对着自己试了一下，果然手臂酸麻，又检查刚刚发射的力道，力道确实很小，打在手臂上连个红印子都没有留下。

李队又梳理了案件，不一会儿，就由同事带走了那九个少年，李队过来和武爷说话：

"老爷子，你们之间的事，都不严重，最多算是民事纠纷，我们就以疏导调解为主。他们那边对您也没什么，您这边要是也没意见，就算私了，您看可以吗？"

"当然，当然。李警官，我想问问，他们看起来都是十八九岁的孩子，怎么会要闹自杀？"

李警官看了看武爷，思考了一下，还是说了：

"这个事情，您可能没关注，所以不知道也是正常。您知道差不多二十年前，曾经出现的恶行克隆犯罪吗？"

"知道。"

"对，咱们虽然是迅速就把犯罪团伙打掉了，但是已经被……怎么说呢，已经被'制造'出来的克隆人还有数千名。"武爷隐约有种不好的预感。

"这些克隆人也都是一个个生命。最终处理上，就是安置在福利院，由社会福利机构照顾着。刚刚这几个孩子，就是当年遗留的克隆人。"

武爷大吃一惊，但还是感到奇怪，压低声音问道："就算是克隆人，怎么又要自杀？"

"这就是问题了。因为都是非法组织私自克隆贩卖的，克隆人都普遍有相似的基因缺陷，甚至有人怀疑就是他们设定好的'报废期限'。他们的端粒，就是染色体末端的'保护帽'，每次细胞分裂时它会变短，而人的一生都在细胞分裂，越分裂，端粒越短，而当端粒越来越短，人也就死了。但克隆的时候，使用的是已经分裂过几十年的成年体细胞。这些细胞的端粒本身就已经较短，导致克隆体从'出生'那一刻起，就已经是一个'老化的版本'。就像世界第一只哺乳动物克隆羊多莉，它只活到六岁，是同品种羊平均寿命的一半，就是因为它从诞生之始的端粒长度就比正常出生的羊短。因此，克隆孩子们身体各器官衰竭的病发率很高，在二十岁左右迎来疾病高峰，也被称为'报废期限'。和他们相同的克隆人，最近在国外几乎都发生了这个问题，但现在科技还没有办法逆转端粒的缩短。

都是命苦的孩子，童年本来就不算幸福，正是大好青春的时候，又面临这么个事……所以这个事情爆出来之后，很多当年的克隆人就觉得没希望了，就有很多人想不开。'没有未来的年轻人'说的就是他们。"

武爷听了，心里很不是滋味，心里有些愧疚，这群孩子说"父母是混蛋"，自然说的就是那些非法克隆的犯罪分子了，那些人如同人贩子，视人命如草芥，当然称得上是"混蛋"了。李队看武爷陷入沉思，接着说：

"其实我们对这类事情都很重视，一旦发现了，就会对他们进行心理疏导。我们的专家也验证了，虽然基因缺陷的事情是真的，但是却不代表每个人都会发生。我们也做了相关的宣传，只不过他们并不相信，只是以为我们骗他们、利用他们。他们不知道用了什么办法，召集了这么许多人来聚会，还好被您发现了，要不然又是九条人命啊。孩子们商量好了，都戴上面具，假扮成七老八十的人，看到您在这儿，还以为您也是参加聚会的，真是闹了个误会。"

武爷心想是了，这就是为什么我好心劝解，却被当成"骗子"的原因。李队看武爷这样，于是交代了这些事不要出去说，他们会帮助几个孩子进行身体检测、心理疏导，说完转身要走。

武爷脑子里忽然想到了什么，随即叫住李队："李警官，请

110

问咱们淄博，福利院有很多吗？"

"没有，就一个。"

"我有一个忘年交，是一直照顾我的护工，他就是这里福利院长大的，但是最近失联了，我就是来找他的。"

"失联？"李队觉得奇怪，现代人哪里有失联的，离开 AI 助手就寸步难行，怎么可能联系不上，一般所谓的"失联"都是刻意躲着谁。

看武爷着急，李队向武爷要了小郭的姓名。

"他没事，显示是安全的，位置上也是在家里。"李队看向武爷，心里在思索，这个老头儿有点奇怪。武爷也看出来了，把自己和小郭的事说了，还共享了 AI 助手的数据。李队看完之后，面色凝重，他先是远离几步，像是在和上级汇报，回来时对武爷正色道：

"武先生，按照规定我们不能泄露个人隐私，没什么事的话，我就先走了，不过我过会儿要去巡逻，可以送您一程。"

武爷看到李队表情虽然奇怪，但是也听明白了李队话里的意思，随即回答道："好呀，那谢谢您了。"

两人随后一言不发地上了车，没过多久，在一栋公寓楼前停下，李队对武爷说："武先生，我还有任务，只能送您到这里了，您路上注意安全。"说话时，李队没有看武爷，眼睛一直盯着那栋公寓楼第 7 层的一扇窗户。武爷顺着李队的视线看了过去，点点头："谢谢您啊，李警官。"

"没事。"

武爷下了车，目送李队。待李队离开后，武爷把小迪叫出来。

"武爷，我都记下来了。"说着在武爷眼前调出来一个分析图，上面根据李队的视线，确定了七层北侧的房间。武爷知道，李队这是在帮自己，但话却不能说得太明白，这才用这样隐晦的方式提醒自己，至于原因却没想到，只是猜测是看自己也不像坏人，也是关心小郭。随后就跟着小迪的指引来到了这栋公寓的 702 房间。

到了门口，武爷犹豫要不要敲门，毕竟已经是深夜十二点了。犹豫再三，敲了敲门。

武爷的手刚搭上房门，轻轻一敲，门竟然自己开了，原来这门竟然没锁。武爷和小迪对视一眼，心里犯嘀咕。

"武爷，我还是提前打开记录吧，您现在进去，严重点就算私闯民宅了。"武爷此时进退两难，略一停顿，还是走进了房间。

这是一个二十多平方米的开间，有一个小卫生间和厨房。房间里不说是空无一物，也算得上是家徒四壁，目光可见的，只有一张床，一个小方桌，一把椅子，一个小衣柜，厨房有点锅碗，除此之外，就连一些杂物都没有，似乎毫无生活气息。

武爷心想，难道这儿其实没人居住，是个待出租的房间？

武爷大胆走到床边，吓了一跳，只见躺在床上的一人，陷入沉睡，手臂上插着点滴，眉头皱得紧紧的，似乎是在做噩梦，看到面容，正是小郭，小迪当下"哎哟"一声叫了出来。武爷仔细看向小郭，只见他面容消瘦，气色很不好，就像是正在生一场大病。武爷抬头去看点滴，看到只是维持生命的营养液，武爷询问小迪：

"这怎么回事？我要不要叫 120 ？"

"好的武爷，您先别急，我先看看。我感觉他不是生病了，倒像是在虚拟现实里。"小迪在小郭身边飞来飞去观察，想要联系小郭的 AI 助手，但好像被小郭设置了免打扰，强制休眠了。武爷觉得实在太奇怪，便还是催促着小迪叫了救护车。

等做完检查，已经是凌晨三点多了，医生说小郭确实是在虚拟现实里，自己不愿意出来，目前的状态更像是陷入了昏迷。他好像是自己放弃了自己，想要以这样的方式慢慢结束自己的生命。还好来得早，再晚几天，恐怕内脏器官都要衰竭了。武爷惊出一身冷汗。医生说目前的情况如果强制唤醒他，他处于潜游于深度虚拟的脑神经可能会受损，最好的办法是先维持住身体的各项指标，慢慢地唤醒。小迪建议武爷回去休息，有消息会第一时间通知他。武爷听了，点点头。

回到酒店，武爷躺在床上，想到今天见到的这些年轻人，正是大好的年华却和自己一样，生命进入了倒计时阶段，心里不舒服。偷偷打开了自己的"天命系统"，一看，吓了一跳，或许是自己动肝火，心事重，倒计时竟缩短了好多天。

　　"天命系统"显示：1123 天。

七、年少几多愁

几天过去，小郭的状态并不好，丝毫没有恢复意识的迹象。按照医生的话，小郭的状态很像植物人，说不定哪天就会醒过来。武爷听后便放了心，只要能醒过来就行，能醒过来未来就有希望。武爷决定在淄博住下，每天吃各种面食，喝酸辣汤。他虽然担心小郭，但也不纠结，胃口倒也不差，主要是纠结也没用。其间和小迪聊天，猜测小郭的情况，尤其一想到小郭住的那间空空的房间，感到很疑惑。

"武爷，其实房间里比较空，对于现在的人来说，倒也不是什么特别奇怪的事。房间空，只是您看起来空罢了。"

"什么意思？难道他住着，看起来就不空了吗？"

"嗯！对啊，他看起来非但不空，估计还很豪华呢。现代很多人都这样，买东西不爱买实体商品，喜欢买虚拟的数字产品，在他们眼里，数字产品反而是他们真实拥有的。"

这点武爷倒是能理解，他年轻的时候，也喜欢买电子版的书籍、电影等数字商品存到云盘里。

"而且数字产品不会坏，腻了又能换新的，可玩性还高，什么都能自定义，很多人家里现在都是这样，空间用数字产品填充，自己眼里看到的，可能是皇宫、仙境、海边大别墅。里面有数字宠物，别说是小猫小狗了，想养条龙都没问题，也省事儿，不用喂养。再加上虚拟现实，真实世界里的需求也就没有那么高了。"

武爷沉默不语，他知道这样的事情，可亲眼见到还是心里不舒服。在自己和小郭一般大的时候，虽然科技还不如现在发达，但一切都是实实在在、看得见摸得着的，武爷与许许多多现实存在的东西建立了联系，如上学时候的同学录，与妻子赵灵的婚戒，做消防员时荣获的二等功奖牌，等等。这些东西不仅记录着武爷的人生，更是武爷实实在在存在过的证据。但对于现在的年轻人来说，当越来越多的东西由真实转为虚拟，他们是否会对自己存在的意义和价值产生困惑，进而陷入虚无主义？

"而且小郭的工作也是，长期需要使用分身，就躺在床上，时间久了，也有副作用。要知道正常人使用分身，吃饭、睡觉的时候都要返回真实身体的，但小郭这样的，用分身时间太久的，估计连'饿'的感觉都弱化了。要知道，仿生人可不会饿肚子，您没看他床边的输液机？估计就是长久分身在外，自己都对吃饭没有什么感觉了，图省事，靠输液维持身体机能，我说句不好听的，现在，估计他自己都分不清自己到底是人，还是机器人了。"

武爷听得心里难受，想到人分不清现实与虚幻已经让他心痛，听到人对自己是否"存在"都抱有疑惑，那真是最可悲的事情了。人活得像个机器，那还有什么意思？想到小郭平时就是用这样一副身体照顾自己，心里更是过意不去。

"小迪，那你说，为什么小郭连个门都不锁？"

"这就是我的猜测了，不一定对。首先说句不太好听的，屋子里也没什么可偷的，况且现在也没人入室盗窃了，所以锁不锁门其实都一样。然后就是，我猜小郭应该是不想活了。"

"我也感觉是，但是为什么？"

"原因可能有很多种，现在世界上的自杀率可不低。小郭这样沉溺于'分身'技术和虚拟现实技术的人可不少，国外很多一个人操控多个分身的，连时间、空间的认知都发生错乱了，您说人要是这样，能不疯吗？"

"唉……你继续说小郭吧。"

"好。所以我认为，小郭还是个善良的孩子，他估计设置了遗嘱之类的，一旦自己去了，就让 AI 通知医院，急救人员如果开不开门，避免不了麻烦，说不准还要破门而入，这房间是他租的，他估计是死了都不想给别人添麻烦。"

"唉……这好好的，干吗想不开呢？"武爷长叹一口气，小迪心里虽有猜测，但此时却也不便明说。

等到小郭意识恢复，已经是五天之后了，虽然是醒了，但是说不准一天里也要昏迷个几次。武爷天天过来看望他，也常常询问医生的意见，得知小郭最好是能吃点东西，不要总靠营养液，用自己的身体吃饭，有助于认知上的恢复，相当于是让身体重启一遍。武爷听了，便决定每天给小郭带点饭，想来想去，回想起小时候生病，父母都给做面汤、鸡蛋水，好消化，自己也会做。也不是武爷不愿意买外边的饭给小郭，只是在他的认知里，外面的饭总归没有家里做得好。

小郭醒了之后，看到武爷，心里很惭愧，感觉给武爷添了很多麻烦，同时也感到压力，认为自己不值得。

小郭几次想要跟武爷沟通，武爷摆摆手，不让他说，就让他吃饭睡觉，等身体好了再说。小郭生病期间，武爷就经常来照顾小郭，虽称不上有多细致，但也很让人感动。武爷笑道："你赶紧给我好起来，现在我都成你的护工了。"话虽是这么说，武爷也没有不耐烦，每天尽自己的心思照顾小郭。

就这样过去了一个月不到的时间，小郭出院了。这段时间在武爷的精心照料和投喂下，小郭的身体好了许多，由五谷杂粮温养的身体也变得强劲了一些。"我就说不能天天只打你那什么营养液吧！"武爷如是说。

等回到家的时候，小郭发现房间被精心打扫了，心里十分过意不去，在心里想该怎么报答武爷。武爷看出来了，便说：

"别感动了，我可不会给你打扫，我叫的家政机器人。"

小郭听后，心里好受一点，仍觉得对不起武爷。家里也没地方坐，就让武爷坐在床上，自己把桌子和椅子搬过来，想要给武爷泡点茶，却发现家里啥也没有，便赶紧想要叫外卖。

"不用忙叨了，你说说吧，你小子咋想的，怎么就想不开了？"

小郭支支吾吾的，武爷骂道："怎么？还不愿意说说了？"

"不……不是，我不知道从哪儿开始说。"

"挑重点，你要跟我说什么游戏里装备丢了啥的，我打断你的腿。"

"不是……不是，武爷，您还记得我说请假去福利院拿档案吗？"

"嗯，怎么了？"

"我去了之后，才知道，我是个克隆人……"

那福利院的负责人把里面的孤儿都当作自己的孩子看待，为了让孩子们健康成长，他们是克隆人的事情一直保密，但档案里面却是有记载。往往是孩子们要被领养时，或者外出找工作时才会得知，但总是能慢慢接受，融入社会。小郭的工作是福利院对接护工公司给安排的，所以小郭一直不曾见过自己的档案，直到武爷说要收养小郭，这才在调取档案的时候得知了自己的身世。福利院的负责人也像往常一样安慰小郭，本以为小郭也能像其他孩子一样，自己慢慢地消化，可他回家后，自己调查克隆人时，意外地得知克隆人的生命只有二十年。他今年已经十九岁，算起来也就剩下不到一年，想到要被武爷收养，便开始纠结。心想：如果我被武爷收养，他肯定会把我当亲人对待，如果我不出一年就死了，那不是让武爷体会"白发人送黑发人"的痛苦？又想到自己从来没有父母，好不容易有人愿意领养，自己却是个"残缺品"，心里愈来愈痛苦。他本身因工作关系就穿梭于虚拟与现实之间，这一下的打击使得他丧失了希望，决心在虚拟中彻底迷失而死。

从另一个角度上来看，小郭和武爷同是天涯沦落人，都是知晓自己命运的人。

武爷听完来龙去脉，心里悲伤，脸上却不表露，不在乎地说：

"别听他们瞎胡扯，人的生命哪有那么脆弱，你越是想自己要死了，那才离死不远了呢，你不用管什么一年两年，好好吃饭，好好睡觉，你能活得比我久。"

"武爷，不是，您怎么也这么说？都有论文写出来了，我这种人，是有基因缺陷的，怎么可能好好吃饭就能活？"

"呸，你信他们的还是信我的？论文上写了克隆人百分之百只能活二十年吗？我都看过，他只是说有比较高的概率。"

"人家论文上说的，您这纯是为了安慰我。"

"你懂个屁，这世界上的事儿你不了解的太多了，论文就能保证不放屁了？写这个论文的人是为了什么写的，你能知道吗？"

"不是，就算二十岁我过了，二十一岁呢？每天提心吊胆的，不管玩游戏，还是谈恋爱，干什么都会想着明天自己会不会死，这样的日子还不如我立刻就死了。"

"你踏踏实实地活着，没准过几天，你这种问题就解决了呢？"

小郭两眼无神地摇摇头，说道："现在遗留的克隆人一共不到两千个，我们的出生本身就是个错误，又怎么会有人在这方面投入研究。如果我现在抱有希望，万一最后到死的那一天，希望再次破灭，我不是更可怜了吗？不如从现在就放弃，理智地接受最差的结果。"

武爷看小郭双眼无神，知道开导他不是一天两天的事，但武爷本身也是个牛脾气，别说是小郭和他有交情，就算是陌生人，给他逼急了，事情也要管一管。当下仍是安慰道：

"小郭，做一天和尚撞一天钟，意思可不是和尚爱摆烂，而是说，做一天和尚，就干好一天和尚该干的事儿，好好地敲钟。既然还没死，就好好活着。只不过是知道自己的生命终点而已，我也知道我的，难不成我跟你一样，随便就去死了？"

"哎呀，您可别……"小郭说着又要哭。

"对啊，我一看到我还有三年多就要死了，我干脆现在就死好不好？你什么感觉呢？"武爷干脆耍起了无赖，拿自己做人质，道德绑架小郭。

"不是……您这不是……哎呀……"小郭也是急得说不出话。

"你听我说，咱们俩都是成年人，都要为自己负责，我为自己负责，我不会自杀，你真想自杀，我也拦不住你。但既然你还有时间，我也还有时间，你不如想想，如果你的生命就只剩下一年，你想要做点什么？"在武爷看来小郭并没有放弃自己，像很多青春期的孩子，在遇到了心理上无法承受的事时，往往会选择离家出走、叛逆、自残乃至自杀的方式应对。在武爷看来，这些其实都不是对生命的放弃，而是在呼救。像是在对家长喊：我好痛，我好怕，你能不能看看我？

小郭听到武爷说自己不会自杀，这才松了一口气，认真思考武爷的问题，过了好一会儿，他抬头认真说道：

"我想做有意义的事。"

这话把武爷逗笑了，便问："什么事有意义啊？"

"就……对社会有用的事。"

"你干护工，对社会没用吗？"

"有，但是不是这种，想做点就是那种……"

"更大的？"

"差不多，就是能有影响的，让别人能记住的。"

"这才像话，要搞，就搞大事情。什么大事情呢？"

"我没想好。"

"我给你指一条明路吧。"

"您说。"

"你自己查政策，查时事，看看现在人都对什么比较苦恼，然后看看有什么政策支持，查好了叫我。我现在出去吃煮锅，你还吃不了，锅里有粥，你自己一会儿吃点。"

说完便不去理小郭，出去吃煮锅了。

接下来的几天，武爷不再给小郭做饭，也不去催他想清楚要做的事，只是每天不定时见一面，也不多说什么，只是确认小郭的状态，自己让小迪给做游玩攻略，在淄博周边玩了个痛快。

又过去几天，小郭向武爷汇报，武爷便回去收作业。只是小郭想的事，有一半都做不到，其中有说想当警察抓坏人的，有想当儿科医生用"分身"治疗世界各地孩子的，还有许多乱七八糟、异想天开的。武爷看到小郭的状态好了很多，眼睛里面有了神，也不说什么他做不到，笑骂道："再想，这些都不行。"

时间一天天过去，小郭实在是想不出来，武爷就回来给他出主意。

"小郭，我说啊，你看看你之前写的，我不是说你做不到，就比如说吧，你为什么想当警察啊？"

"我觉得当警察是一件很有意义的事。"

"你要是抱着这样的想法，你就别当警察。"

"为什么？"

"我懒得跟你解释，你很多都是为了有意义而有意义，都是你一厢情愿，明白吗？"

"不明白。"

"好，不明白就算了。我问你，你查的，社会上最近什么问题比较多？"

"社会上，人们因为虚拟现实、'分身'技术之类的东西，得抑郁症、丧心病的人越来越多。"

"不错，什么原因呢？"

"就是说科技发展快，人们精神力的成长速度跟不上生产力的提升速度……"

"每个时代科技都在发展，别说那些虚的，为什么你再想想。"

"不知道……为什么呀？"

"我也不知道，我也是猜的，我觉得，现在人生活缺少激情。"

"没有吧，无论娱乐上还是其他的，人们应该不缺激情的。"

"那是不是人们每天获得的刺激太多了，他们的激情阈值变高了？"

"是吗……我也不知道。"武爷默默道。

武爷也不知道人们究竟是因为什么，他能想到"缺乏激情"，可能只是因为他自己的生活缺乏激情，只是他自己想要得到拯救，说到底，也是他自己的一厢情愿。

"那你想不想给大家带来一点震撼？你看你查的，国家现在鼓励人们在户外为大家创作、提供文艺活动。"

"您指的是什么？"

"我这几天出去，看十个人里，倒是有七八个都戴着面具，你知道我怎么看出来的吗？"武爷一有歪点子，精神就来了。

"怎么看出来的？"

"要不说我聪明呢！戴面具的人，眼睛的部分也要被投影覆盖一层，所以你只要仔细看，他们的眼睛就是无神的，就好像你看屏幕里的人一样。"

小郭一想，还真是这样，他平时不觉得，是因为在分身上是透过屏幕看人，在虚拟现实里，看的也是数字生成的人，久而久之，就习惯了，即便看到戴面具的人也不觉得奇怪。

"对吧？老子我最近越看他们戴着面具就越不爽，你想不想跟我一起，让他们把面具摘了？"

"啊？怎么摘啊？"

武爷便滔滔不绝地说起自己的计划。他先是查到，有一条私人交通街道，常年拥堵，经常一堵就要几个小时，但因为是景区的道路，游客们倒也没有什么抱怨。武爷看上了这条车道，前有隧道，后有风景秀丽的山水，他想要在这个地方搞一个小型表演，用艺术的力量感动大家，或许谁一感动，就把面具摘了呢？

小郭听得计划，感到十分不靠谱，但看武爷越讲越兴奋，便由着他胡说八道，知道了是武爷自己有歪点子想玩，也不再说什么，两人就开始做准备。

武爷手把手带着小郭做规划，向有关部门提交申请，制订演出计划，让小迪帮忙作曲……两个人忙得颠三倒四，武爷还时常心血来潮，要么说为了找灵感出去玩几天，要么就说累了要多睡会儿，小郭虽然时常觉得累，但做的都是他从来没干过的事，也觉得新鲜，两个人加上小迪，就这么忙忙叨叨的。

不知不觉又是一个月过去，这一天，武爷所说的那条道路，人满为患，交通堵塞，车辆都停了下来，有些司机下了车，在路上伸展着腰背。也就在这时，这条道路上的人纷纷收到了来自景区的推送信息：为了缓解大家因为道路拥堵而产生的烦闷情绪，有两个神秘人为大家带来了精彩的节目，请大家欣赏。推送信息同时备注了相关提示：如果接受推送，请点击"接受"，将会实时接入接受者的视觉和听觉神经，方便接收者坐在车内即可享受精彩节目光影盛宴。

许多人此时正是无聊，出于好奇，便点击了"接受"，随后他们就根据提示音看向背后，那隧道深邃的黑色上，浮现出了约为一分钟的倒计时，每一秒过去，便有手绘风格的鬼脸冒出来，令人不免心中有所期待。

只见倒计时数字逐步减小，直到进入了10秒的倒数，画面变成了老电影的开头，数字一圈一圈地变化：10、9、8、7、6、5、4、3、2、1。

"刺啦——"一声宛如信号不好时，电视雪花屏的声音发出，人们头顶的颜色忽然发生了转变，天空变成紫红色，云彩变成青色，天空似乎变成了二维，人们仿佛置身于卡通的世界中。只听得耳边由远及近传来电子的疯克音乐，一些蒸汽从隧道里传出来，伴随着机械泄压再增压的声音。

声音越来越近，音乐的鼓点也越来越动感，忽然听到一声野兽一般的长啸，两个身影从隧道里一跃而出。那身影四肢上戴有机械的爪子，只见爪子上的铁盒弹射出钩爪，抓住路灯，忽地将那身影拽过去，那身影仿佛真的野兽一般四肢抓住路灯，看向众人。天空中似乎出现了聚光灯，分别打在二人身上。只见音乐变奏，加入了一些交响乐，两个身影在空中来回穿梭，远处的背景也出现一道道城市的剪影，两人仿佛城市中的飞天大盗，伴随着野性的动作，让人感受到无比的力量。

只见天空中颜色变动，聚光灯闪烁，鼓点齐奏，便如同一场盛大演出的开场，一个飘浮在空中的舞台出现，两个身影矗立在舞台正中央，其中身材高大的一人，举起手中的吉他，朝着头上一砸，一个项链模样的面具碎裂，武爷的样子出现在大家面前。只听得台下有人发出惊呼，谁都没想到，站在舞台中间的是一个白发老人。当下就有人以为是武爷失误，打碎了面具，便派小型机器人送来一个面具供武爷使用，武爷看到，笑着拒绝，眼神坚定地看着远方。

众人不知武爷卖的什么关子，道路上一下安静了下来，音乐也随之停止。这种安静差不多持续了半分钟，众人只听得耳边逐渐传来高频率的白噪音，都不知不觉憋了一口气。

忽然白噪音消失，好像世界在此刻才终于安静下来，众人目光齐聚武爷，只听得"咚咚""咚咚"，音乐声响起。那音乐好似儿时跳皮筋儿时爱唱的顺口溜，有些俏皮，背景里还有管乐，增加一点教堂的神圣感。

武爷开口，歌声悠扬：

老天爷　你行行好　赏我一句明白话儿

我曾求你赏我把功名得

又求你让我娶贤妻

求你让我荣华富贵　不愁吃来不愁穿

可到头来我只是一个惹人嫌的臭乞丐

　　歌词虽然可怜，但武爷唱得却是豁达开朗，嘻嘻哈哈，毫无悲伤的感觉，也就在唱完第一段后，音乐变奏，鼓点变得剧烈。武爷唱起第二段，声音有了一丝怒意：

年少时我意气风发

只道金鳞不是池中物

你打断我的腿叫我认命

我便本分生活　你又降下泼天富贵

为了那几块散碎银两　我弯了脊背　折了腰

你在我头上悬了钱　叫我当那拉磨的驴

追逐荣华富贵　叫我丢了人形

我日日香火供你　你却说我自作自受

老天爷哪，你知不知道……

　　唱到此处，音乐骤停，只见武爷咳出一口痰，含在嘴

里，"呸"的一声，狠狠地吐在地上，音乐更是变成了摇滚的
风格。

我不认命！

我不认命啊！

不认命

不认命

不认命

可我已经白了头

回首再看，年少能有几多愁？

武爷他虽不擅长歌唱，但有小迪为他修饰不足之处，纯粹
凭借他的真实真诚，倒也感人，其间也有寥寥几人真的脱下了
面具和武爷对视。

武爷设计这场演出，虽然也有自己想要玩闹的心思，但
更多的还是想要帮助小郭走出内心的阴霾。两人在一起写词作
曲，发现小郭心思细腻，对这类词语有所触动。虽然武爷不喜
欢矫情的词，但见小郭挺喜欢，也不在意，创作歌词的时候常
常讲述自己见过的人和事，慢慢地把自己的处世之道也教给了
小郭。小郭年龄还小，跟着武爷创作，每日里忙忙叨叨，也开
朗了很多。

一曲唱完，只见天空的特效消失，空中的大舞台也消失了，原来武爷和小郭是在别处演唱，投射到天空。小郭第一次上台，心脏紧张得"咚咚"跳，内心也是兴奋至极，他开心地对武爷说：

"武爷，您看见没，真有人摘了面具。"武爷赶紧拽着他就往外走，边走边说：

"别管了，咱们快跑，唱的时候不觉得，现在只觉得丢人，走走走。"

小郭听后，哈哈大笑，便跟着武爷逃跑了。

八、命运密码

就在武爷和小郭逃跑时，一个人叫住了他们，小郭一看，认出来了，是刚刚在演出时摘掉面具的一个人。这个人方头方脸，五短身材，看着样子有点邋遢，想来也是因为摘掉了面具，自己本身没有收拾。

只见这个人见到武爷和小郭停下来等他，立刻笑逐颜开。他又加快跑了两步，气喘声更大，跑了这么两步路，就累得上气不接下气，精气神儿看起来还不如武爷。

"您好，我刚刚看了你们的演出，很好啊，非常好。"

武爷听了很开心，但也感到害羞，不想和他多说话，当下就敷衍道："哎呀，谢谢谢谢。"说完就要拉着小郭走。

"别，别急啊，您听我说。"那方头着急，一下拉住了小郭。武爷一看，心里觉得这人不礼貌，更不想搭理了。

"不听，我们赶时间。"

"别别别，你们不能走，这事情很重要。"

"什么重要？对你重要还是对我重要，你这人别胡搅蛮缠啊。"

"都重要，对全人类都重要。"

武爷心想这是遇到疯子了，更是坚定了赶快离开。小郭却感到好奇，他一向不善于拒绝别人，低声询问武爷：

"武爷，咱们要不听听？"

武爷眼睛一瞪，心说：完了，这小孩儿太实诚，进入社会早晚让人骗了。又转念一想，不如就听听那人怎么说，就当给小郭上个课。于是也就不再多说，冷眼看着那人。

"你怎么称呼啊？"

"我姓潘，您贵姓啊？"

"我姓李。"武爷说起谎来眼睛都不眨一下，小郭吃了一惊，但却如实说出了自己的姓名。

"两位先生啊，我是搞科学研究的，我看到你们的……"

"你搞什么搞，你说说你搞什么科学研究的啊。"武爷没好气地说，心说：开始了，这人开始演上了。

"我是搞人的精神力的，就是……"

"你是挺搞人精神的。"武爷毫不客气地说。

"哎，对喽，我就是专门研究人的精神能力的。"

武爷看他书呆子的样子，眼神里面充满了执拗，便知道这人不说脑子有问题，也是那种只想活在自己世界里的一根筋，心底的好胜心弱了，打算就由着他说好了。

"你们晓不晓得一个实验——橡胶手幻觉，也可以叫作假手实验或者幻痛实验。"

武爷虽然不知道，嘴上还是"嗯"了一声，小迪看了出来，随即给他推送了实验相关的页面和视频。

实验并不复杂，首先将参与者的双手用一块木板隔开，然后在参与者面前摆上一个橡胶的假手，用两个毛刷轻轻地在两只手上摩擦。这样的行为会逐渐欺骗大脑，慢慢地，人脑就会认为橡胶的假手是自己的"真手"，如果拿锤子击打假手，真手也会做出反应，甚至感受到疼痛。

这个实验有意思的地方就在于将参与者的视觉信息和手上的触感信息建立联系。其实这样的实验，好比在大学期间，探讨初中物理课上的奇妙经历。也就是武爷对此领域并不关心，小郭也只是善于使用"分身"技术，对其原理一窍不通，不然换个别人，听到此处也就走了。

那人继续说道："可是我就一直很好奇哎，这个锤子，砸在假手上，到底有多疼？"

"那你试试不就行了。"武爷看到小迪又推送了相关的实验，便得知了，关于其中的疼痛，具体有多疼，受什么因素影响，都是已经有结论的事情。

"话不是那样讲的，我想知道的是，这个疼痛受什么影响……"

"这别人都研究出来过了，你自己都不查资料的吗？"武爷随即把刚刚看过的页面甩给潘大头，本想看他出糗，却不料他还是一本正经的样子说道：

"这个呢，我也是知道的，我也自掏腰包，搞过好几个实验……"

"你这人废话太多，你直接说重点不行吗？"

"好好好，你脾气也太暴了，我做的实验和别人不太一样，我让十个人看着参与者的橡胶假手被砸，同时记录这十个人的脑电波数据，你们猜怎么样？我发现，每几十次实验当中，总有几次数据异常，也就是说，说不准哪一次，参与者就会感觉到更疼，要知道我每次实验都是按照统一标准执行的，按理来说，数据都应该差不多的，你们知道我想到什么了吗？"

"什么？"小郭好奇地问。

"我就想会不会是这样，观测者如果认为那只假手也是真的，观测者也觉得疼，那么这种疼，会施加给参与者，从而让他感觉到更疼。"

"哎呀！"小郭发出一声惊呼，武爷也感觉不对，便接着听。

"于是乎我就更改了实验，让更多的人来观测，有时候把

135

假手弄得很真，有时候把观测者放到一个单向玻璃的暗房内，结果每几十次实验里，也还是有那么一两次数据异常。我就想着，如果说别人脑海中那种'相信'的力量，真的也是一种实实在在的能量，能影响到别人，那这项发现，可就改变世界了。"

"如果是真的，那真的是改变世界了。"小郭听得连连点头，接着说道，"按照你说的，那么人脑的信念也是一种实实在在的能量，那么现有的生产模式就彻底改变了，没准现在所有科学的路都走错了也说不准。"

"是啊是啊！你这个小年轻脑子很好嘛，要真是这样，每个人都是独特的生产力，说不准，我们就要和修仙小说里一样哩。"

武爷就要听不下去了，冷笑道："哎哟，看不出来啊，您还是个大科学家。"

"不敢当，不敢当。"潘大头喜笑颜开。

"那你这么重大的发现，国家肯定很看重了。"

听到此处，小郭也好奇地看向潘大头，潘大头脸色一沉，说道："这个嘛，倒是没有。"

"那遍布各省的实验室，想必也是全力支持了？"

"我都跑遍了，他们都抠门得很，不给我支持。"

"哦，那专利机构，肯定你是申请下来了。"

潘大头摇摇头，从嗓子里挤出来"没有"两个字。

"那还真是他们有眼不识泰山，我们这么大个国家，这么多政策鼓励，这么多实验室，这么多专家，都看不到你这'重大'发现，岂不是耽误了全人类的进步？"

"那也不一定，要知道国家对这种影响全人类的新发现都很谨慎的，当年'分身'技术不是也被压了好多年，我这发现太骇人听闻了，小心对待也是好的。"

"这样啊，那'分身'技术当年也是和你一样，全国上下没人支持喽？"

这句话把潘大头问住了，武爷看到哈哈大笑，扭头对小郭说："走吧。"

"欸？怎么要走了？"

"还待着干什么？你要改变世界啊？"

"武爷，这要是真的，世界真的就改变了。"

"我勒个去，这人就是个'民科'，我虽然不是专业搞技术的，但我知道，他的实验要是真的有那么一点道理，都不是别人来'帮'他了，想来沾光的人都挤破头了！"

"你这人说话怎么这么不讲科学的哦，你怎么确定人的信念不能是一种能量啊？"潘大头反驳道。

"对对对，我不能证伪，你就能证实了？"

"那古今中外那么多奇迹，你怎么解释？"

"我解释什么？我可没有否认信念的力量，我只是不想和你胡扯。想当年抗美援朝，我们的志愿军，宁可变成冰雕也要坚守阵地，不就是靠信念和毅力创造了一个个奇迹？"

"你那种和我这种不是一回事。战争嘛，本质上就是一种资源交换，还是比谁的资源多，或许靠技术能够找到一些优秀的解法，但是长久下来嘛，就不好说喽。志愿军那种打法，能赢也是侥幸。"

"呸！你懂个屁的战争，大放狗屁。"

"就是那个道理嘛，你才放狗屁。"

武爷怒极，情绪一下子再也控制不住。小时候他和同学打架，多半都是因为双方先打嘴仗骂得不可开交，他觉得骂人得有水平有原则，不能什么都骂，所以每次骂到不爽之时，便和同学大打一架。所谓"三岁看老"，武爷都八十多岁了，仍然像个火药桶，一点就炸。这潘大头大放厥词，言语里不尊重志愿军烈士，他便再也忍不住发起火来，一下子冲上去，"啪啪"两下，打了潘大头两巴掌。

"哎哟，武爷。"小郭看到，赶紧挡在两人中间，暗自护着武爷，心想别两个人打起来，伤到武爷。谁知那潘大头被打了两巴掌，也不生气，还是摇头晃脑的，毫无火气，一本正经地说：

"我就说你这个人脾气太暴了嘛，你有什么不同意见，你说服我嘛，打我两下，你就占理了吗？我就明白了吗？"

这下子反倒让武爷的火气消去大半，内心也觉得自己打人不好，心想：此时如果自己一走了之，岂不是让人觉得我还不如一个疯子讲理？当下就坐下来，对潘大头说：

"好啊，那咱们打个赌怎么样？"

"什么赌？"

"你挑一件你认为我们做不到的事情，如果我做到了，就算你输，你去烈士陵园上坟，给烈士们磕头道歉。"

"那要是我赢了呢？"

"首先我就不会输，但要是我真的做不到，我们两个就顺了你的小心思，陪你做实验。"

"哎？你怎么知道我想找你们两个做实验？"

原来武爷听到一半，便知道潘大头的想法，无非就是看了两人的演出，认为两人信念感极强，想找两人帮忙完成他的研究。

"别废话了，你就说行不行吧。"

"可以，只不过我觉得你做不到，不一定你真的做不到，要让咱们三个的 AI 来判断，找一件 AI 计算过、你们做不到的事才行。"

"没问题，你说吧。"武爷大大方方地答应下来。

潘大头沉思了很久，说道："我看你们两个用的那个飞天的器械，是什么？看你们在空中飞来飞去的，又好像鸟，又好像豹子。"

要知道现代人善用科技，虽然也注重身体健康，勤锻炼，但终究是缺了点野性，又加上 AI 助手处理了生活中太多的琐碎烦心事，大部分人的相处之道都是和和气气的，人类身上原有的棱角似乎在 AI 时代被进化掉了。多数人相比上一代，显得文明了许多，也阴柔了许多。武爷年轻时是消防员，正像许多人说的，在部队待过的人，见过生死的人，血气方刚是刻在骨子里的，一辈子都抹不掉。武爷年轻时在消防队常常吊着绳索上下飞舞，救人时更是命悬一线，身边战友又有很多舍命救人的英雄，武爷在绳索上自然就有了那么一种灵敏的动物性，眼神中都带着敏捷和洞察力，许多观众与他一对视，便有所触动，不由自主地主动躲避武爷的眼神。

这所谓的飞天设备，自然也是武爷按照年轻时熟悉的消防装备，结合影视剧中威亚的灵感仿照设计的，虽然在 AI 的助力下，绳索结实安全，通过了相关部门的审核，但终究是性能有限，所谓飞天，也不过是短距离的滑行而已。

自己的设计被潘大头问到，武爷心里开心，耐着性子细心地一一解释，中间又夹杂着讲了许多年轻时候的往事，潘大头听了也是啧啧称奇，两人此时又好像朋友一般了，小郭看着刚才还一言不合差点动手的两人，此时仿佛老友一般，也是哭笑不得。

潘大头听武爷介绍完，便说："你要是这个样子说嘛，就太好了，我们就拿这个当作赌局，好不好啦。你让我用 AI 接入一下，看看设备性能的极限在哪里。我们设置的赌局就比它稍微高那么一点点，你感觉怎么样啦？"

"好啊，你随意。"当下把设备一推，让潘大头研究。

潘大头通过计算，又结合了周围的环境因素，便出了考题的内容，指着远处的一座高塔，用商量的口吻询问武爷："我算了算，你们这个设备，可以通过抓取物体实现滑行，但性能不算高，就算是滑行，也最多比抓取的物体本身，高个十米左右，算上你们的体重，估计十五米，也就是极限了。远处那座塔，比周围最高的树，要高不到二十米，如果你们能借助这个设备飞越高塔，就算你们赢了，怎么样？"

"行啊。"武爷直接满口答应，小郭却不干了，赶忙拦住，叫上小迪和自己的 AI 一起演算了一遍，果然和潘大头说的一丝不差，当下开口：

"武爷，咱们不比了。"

可武爷脾气上来了，谁也拦不住，当下生气道："怎么，你不相信我吗？"

"不是，武爷，我们都计算过了，确实这是，怎么说呢，几乎是不可能的。"小郭知道，现在 AI 的计算能力非常强，不仅仅是计算了设备自身的性能，还计算了环境、人身体的素质等综合因素，既然得出的结果是不行的，那便肯定是不行。但在武爷面前，也不敢说肯定会输，但他的表情却逃不过武爷的眼睛。

"你怎么也在这儿放屁！我告诉你，只要是人想做的事，肯定能做成。AI告诉你不成，就真的不行吗？你怎么活着，全靠别人告诉你吗？"武爷越说越生气，这次倒不是因为潘大头了，他自知自己时日无多，但他内心深处希望小郭能够健康活下去，如果能做一件突破极限的挑战，如果能唤起小郭挑战自我的勇气，无论如何都是值得的。于是更加坚定了接受挑战，他希望通过此事让小郭认识到"世界上没有做不到的事"。

小郭心急似火，明知道自己劝不动武爷，就想着先拖延时间，再拼命地想办法，于是便对着潘大头说道："好，但我要提出几个要求：首先，为了保证安全，我们要事先设定好路线，在路线上安装保护装置，这样即便完不成，我们的安全也有保障。并且在整个挑战过程中，我们但凡是从安全角度上的考虑，都可以随时停止挑战，不能算输。在安全方面，你不能设置障碍，不能以此说风凉话刺激我们。"

"这个是肯定的，安全是肯定要保障的。"潘大头点头道。

"其次，地点你定了，时间得要我们定。我们想好了办法，十拿九稳了，才开始。"小郭接着说道。

潘大头听后连忙点头答应。

"最后，不是我们两个都飞过去才算成功，只要一人能飞过去，就算成功。"

情急之中，小郭能想到的只有这些了。他想着先拖一拖时间，等武爷新奇劲儿过了，以安全为由放弃挑战；如果实在不行，自己到时候上去冒险一试，即便失败了，也不会让武爷脸上没光。总之，他不能让武爷去冒险。

潘大头自然不知道小郭的真实想法，即便知道也并不在乎，他要的是实验结果，于是很爽快地答应了。

小郭和武爷回到住处，武爷连续休息了三天才缓过来。小郭也不急于劝阻他，将赌局的事记在心里。

这几天，武爷不怎么说话，总爱躺着，小郭只当武爷是累了。小迪却觉得不大对劲。这天夜里便给武爷发私信：

"武爷，您有心事？"

"嗯……是有点。"

"我看您身体指标都正常了，但是精神不太好，想来肯定是心里有事儿。"

武爷点了点头，侧过身闭上眼，说："没事，就是累了，休息休息就好了。"

"武爷，您'天命系统'出什么岔子了？"

武爷没说话，但小迪通过仪器反馈的脑电波已经知道了答案。

武爷的身体就好比一个气球，"天命系统"就像是一个绝对客观、冰冷的软钉子，缓慢地刺入气球。劳累、不健康的生活方式、心情的波动，都在加速武爷生命的流逝，倘若没有"天命系统"，或许通过休养生息，慢慢就养回来了。可一天天看着倒计时时间减少，武爷的心事加重，形成了恶性循环，越是补不回来，越是加速身体的衰弱，身体这个气球就像漏气般一点点瘪下去。

时间越短，越贪恋人间享受，可让人迷醉的事物，哪一样不让人受伤？武老头儿此刻便承受着生物本能带来的恐惧与贪恋的双重折磨。

就这样过去了十天，武爷才把小郭叫过来，准备好好商量对策。

"小郭，这事情你没忘就行。我虽然脾气不好，但吐口唾沫，到地上也是个坑，说话是一定算话的，你明白吧。"

"明白。"

"我还有第二个优点，就是一辈子不沾黄赌毒，但和人打赌确实有的，而且我只喜欢赢，一辈子没输过，你明白吗？"

"明白。"

"你明白个屁，你小子那点心思我还不知道？看你提的几点要求，话里话外，分明就是说，我们输定了，只不过想输得好看点罢了。"

小郭被看破心思，表情尴尬，不知道说点什么。

"哎哟，我又想起来我还有一个优点，就是老子不傻！那AI比人计算能力强多了，它都觉得赢不了，难道我就那么牛，随便一句话就能比AI厉害了吗？"

这几句倒是把小郭绕晕了，也不知道武爷到底是想赢还是想输。

"好在我天资聪慧，这几天里还真让我想到了必胜的办法，只是随便告诉你，太便宜你了，我只能告诉你，有赢的办法，但具体怎么做，你去搞，我可以帮你，明白吗？"

"明白……"小郭听得一头雾水，心里虽然想要相信武爷，但却仍然认为武爷还是像以前一样在说大话，自己想要偷懒罢了。但他本来就想帮武爷揽下这件事，也不再多说，去想方案了。

小迪晚上悄悄问武爷："武爷，您说的必胜之法，是什么？"

武爷一愣，小迪作为AI助手，产生这种类似"好奇"的情绪是很少见的，当下反而不知道该如何回答。

小迪看出来了，便说："武爷，我不是好奇，只是我认为我有义务考量一下方案的安全性。"

"嗨，我还以为……我哪有什么办法啊。"

小迪点点头，说："所以，您骗了小郭吗？我需要帮助您做点什么吗？"

武爷瞪眼说道："说什么呢，我可没骗他。"

武爷铿锵有力地说："爷以前是消防战士，火场救人，哪里都是危险，你必须冲进去，人就有机会活，不冲，活的概率就是零，你明白吗？"

"明白，但救人是出于责任，而且是高概率事件。"

"什么高概率、低概率？首先，难道我这不是在救人？其次，难道飞越那个塔，你敢说成功率为零吗？"

"那倒不是，只不过概率极低，基本可以忽略不计了。"

"那就是了。在我眼里，概率就是个屁，只有'可能'和'不可能'。"

在武爷和小郭的人生中，"计算"和"可能性"高度绑定。小到健身时吃多少蛋白质，减肥时吃多少卡路里的食物，一个广告多少秒关闭，有多大概率会购买，成绩多少分会有出息，绩效多少会有光明的未来。但人不是程序，计算的结果不能决定可能性的概率，学习不好的孩子不一定长大后没出息。

另一边，小郭越是研究，就越是起劲儿，仿佛全身心都投入进去了，忙起来也不愿意停下来。说起来，还是因为武爷，一方面不想让武爷输，另一方面自己最近常常陪在武爷身边，也学会了武爷的犟脾气。俗话说得好，人活一口气，一口气提

146

上来了，什么力气都有了，一有事情做，小郭的面色也不再如昏迷时那样无精打采，眼睛里面有了奕奕神采。

武爷看着小郭的变化很是欣慰，反而经常拉着小郭出去玩，就好像孩子废寝忘食地学习，家长反而要劝孩子多休息一样。小郭也听话，只要武爷提出来，便陪着武爷出去玩。

其实武爷哪有什么必胜的办法，出去玩也只是想拉着小郭多陪陪自己罢了。

小郭在许多方面都下足了功夫，一开始还想着在树上加装保护装置上做文章，想着暗自加上一些加速装置，人飞过的时候，就给一个力，只要设计好路线，叠加起来，或许就能突破设备的极限。但演算了几次都没能成功，武爷问起来的时候，反而骂小郭，说他是耍小聪明，投机取巧的事他不干。况且现在都有 AI 作为裁判，这种外挂设计一下就会被拆穿，到时候赢了也不光彩。小郭虽然想要狡辩，碍于武爷的威严，也不再提，但也激起了自己的好胜心，专心去想别的办法。

第二个办法便是从自己身上做文章，小郭想着如果自己的身体强壮一些，那么飞越高塔的概率也就高一点。于是他便去找武爷这个老消防员求教，武爷听了喜笑颜开，帮小郭设计了训练计划，小郭就开始每日跟着武爷做训练。起初的时候还担心自己是否能坚持得下来，可他不知道，俗话有一句"家有一老，如有一宝"，小郭每日照顾老人，作息规律，又有武爷的指导，加上 AI 的科学营养饮食，进步飞快，身子骨也一天天地强壮起来。但毕竟积弱已久，想要通过身体素质飞越高塔，恐怕不是一年两年就能完成的。心里虽然放弃了这个计划，但是武爷每天训练小郭，乐在其中，小郭也配合听话，每天锻炼，心情也好了很多。

第三个计划便是设计路线了。小郭利用 AI，将场景在虚拟现实里几乎一比一地复刻，通过现今的物理引擎模拟，一遍一遍地设计路线。武爷经常看到小郭和小迪在一起开会，小迪时而扮演空气动力学的专家，时而扮演物理学专家，商讨有没有遗漏的细微之处。小郭经常一拍脑袋，好像想到了新的方法，但研究之后却又不行。小郭这段时间便一会儿开心，一会儿失落，始终没有一个稳赢的办法能够帮助两人飞越高塔，虽然结合众多方案，增大了滑翔距离，但是若要说成功飞越，仍是差个一米多。

成功与否，分毫不能差，差之毫厘，谬以千里。

待到后来，小郭又从武爷制作"弹指神通"的玩具上获得了灵感，想看看有没有一个武功之类的东西，能够复刻，从而让人获得飞越的能力。武爷哈哈大笑，虽然他仍觉得这是投机取巧，但是却很开心，因为每天能借着机会拉着小郭讲电影，讲小说，一边吹牛，一边说起自己对电影和小说的见解，尤其一旦让他讨论起武侠小说中谁比谁的武功高，便如同滔滔江水，连绵不绝。

春去秋来，又过去几个月，武爷和小郭在这段时间里情同爷孙，周游了大半个中国，看了不下一百部老电影，很是开心。小郭心里也觉得，要感谢这个赌局，让自己生活充满了期待，心情也开朗了很多，觉得不如就这么拖着，挑战已经不重要了。但他不敢和武爷说，每日还是做着各种研究，几乎成了一位安全专家。

眼看到了八月份，快到这一年的中秋节，武爷的生日。

吃过早餐，武爷又把小郭叫过来，说起赌局的事：

"你准备得怎么样了？"

"嗯……还是没有一个必胜的办法。"

"嗯，那就算了，准备准备咱们今年生日就和他开赌。"

"啊？别吧，目前看起来，咱们还是输定了。"

"嗯？你怎么就料定咱们输定了？咱们已经拖了这么久，再拖下去说不过去了。这世界上哪有那么好的事，全都围着你转？"

"可是……武爷，您再等等，我一定能想到赢的办法。"

"不等了，就这个中秋节，我的生日，我看这日子也是不错，咱们这天去，运气一定好，运气一好，飞越个高塔还不是手到擒来？"

"武爷……您别……"

武爷大笑，打断了小郭的话。

"不要紧，我不是早就和你说了，我有必胜的办法。"说着也不去理会小郭，自己去看电影了。

午睡起床后，武爷联系曾经帮助自己审核"天命系统"的小刘，小郭在一旁听着，说的是要在中秋节，在那座高塔举行表演，但有一定危险性，希望能够帮助协调一些救护人员。

小郭一听，心想难道这就是武爷的必胜之法？但听了半天，也没听出个所以然。又见武爷给两位老友写信，邀请他们来观看自己的表演。

又是一年中秋节，武爷和小郭再次来到了这高塔所在的景区。小郭神色紧张，反观武爷却神色自然，很是放松，看上去倒不像是即将进行挑战极限的表演者，反而像是参观景点的游客。

这次的挑战没有选择在白天，而是天黑之后，景区关闭，道路上也不再有车流。只见原本的道路上搭建了许多帐篷，其内设有酒席，老赵、老熊还有潘大头也在其中，武爷还前去和他们叙旧，只有小郭还在想获胜的办法。

距离约定好的时间越来越近，武爷回到了小郭身边，两人坐在隧道里看着外面酒席中的灯火，武爷安慰小郭：

"你到现在也没放弃，这点很不错，但是事情到了眼前，就不能尿了，认真对待就好了。"

小郭仍是紧张，笑了笑当作回应，虽然听到武爷夸他，但是仍为自己没想出解决办法而愧疚。

"没事，我不是都说了，我都想好办法了吗？"

小郭既相信武爷，却又不相信武爷，这种感觉很奇妙。

武爷抬手，给所有人发去了倒计时的预告，表演就要开始了。

只听一声长啸，一支散发着金色的箭矢从隧道射了出来，忽然一个拐弯直冲九霄，天空中出现了硕大的倒计时，街道上的观众纷纷捧场，大声地喊着倒计时：

"10！9！8！7！6！5！4！3！2！1！"

武爷一声大笑，一马当先，驾驶着飞行装置，冲出隧道，小郭看到后，紧随其后。武爷这次没有佩戴面具，一出隧道，众位观众都认出了武爷，纷纷大声喝彩。只看武爷在空中滑行，身下浮现出了一个全息投影，远远看去，便像是武爷骑在一个人的肩膀上，那人身披床单做的披风，好似两个小孩儿在玩骑马打仗。

只见那当"马"的小孩儿将武爷用力一扔，武爷正好钩爪抓到一个固定点，"唰"的一下，武爷一个漂亮的落地，站到了一棵树上，威风凛凛，向大家鞠了一躬，台下更是掌声雷动。

正当此时，天边突然一红，远处山林忽地燃起大火，吸引了众人的目光，只见一个少年从隧道中冲出，辗转腾挪，在树林中穿梭，身形飘逸，用手中的钩爪用力一拽，一个腾飞，在空中对着火焰一指，全息影像生成一个巨大的水柱，将大火扑灭。老熊看在眼里，一眼就瞧出了少年的动作源自消防战士的训练，当下大声叫好，众人掌声雷动。武爷也看得开心，给小郭鼓掌。

掌声过后，天空上凭空出现一个大屏幕，音乐响起，观众跟随着鼓点点头，武爷哈哈大笑，与小郭两人先后飞入树林，目标直指远处的高塔。

两人的身姿都被投射到天空的大屏幕里，只见小郭身法灵动，武爷神态兴奋，两人便如同战友一般在树林里穿越，随着钩爪的抓取，两人也越飞越高。屏幕里的画面却陡然切换，只能看到树林的边缘和高塔，只听"唰唰"两声，两人突破树林，向上一跃，武爷距离塔顶有五米不到的距离，小郭虽然好一点，比武爷高了两米，可距离塔顶仍有不到三米的距离，两人第一次尝试登顶失败。

只见两人停滞在空中，众人屏住呼吸，心里都提了一口气，只见全息影像生成了一支粗壮的树干，延伸到了两人的脚下，却不知两人用了什么方法，竟站在了树干之上，随后缓缓降落。众人这才放下心来。

"武爷，怎么办？我该怎么做？"

"慌什么，又没说一次就能成，你再拼尽全力试试。"

小郭点点头，调出了备用的方案，只见音乐变奏，动画改变，小郭再一次开始尝试，他的身体素质有了很大的改善，只想着这一次拼尽全力，或许真能突破极限。

这一次，他不再保留，每一次钩爪飞出，身体都配合着做出完美的动作，和演算的最佳路线分毫不差，他集中精神，眼神里面充满了必胜的信念，直到这信念变成了双眼放光，甚至发狠，每一下抓取都充满了力量感。小郭身体虽然仍然瘦弱，但是爆发出一股强大的气场，众人不由得被那气场吸引，纷纷为他竖起大拇指。

只见小郭用力一跃，小郭在空中，眼见那高塔似乎近在咫尺，他一声怒吼，伸手用力一抓，看起来好像比上次略高一点，但仍是不行，只见小郭再次缓缓降落。但他仍不气馁，下来之后第一件事，便是对武爷说：

"武爷，我再试一次！"

武爷开心大笑："好样的！有我在，你尽管去试！"

只见小郭再次尝试，虽然气势上一次比一次足，可结果却不尽如人意，他与高塔相差的那区区不到两米的距离，似乎是他永远攀不上的高峰。

虽然小郭没能成功飞越高塔，但他越挫越勇的样子让武爷很欣慰。那是属于年轻人不服输的拼劲，是年轻人自己都意识不到的力量，是创变未来的力量。武爷身上已经许久没有燃烧的活力再次被点燃，心脏似乎也更加有力地跳动着。

这世上哪有没输过的人，武爷自己也知道，他的一生失败过很多次，他嘴上说的"没输过"，是他不认输。

"或许有一场失败也是好的。"

武爷看着小郭，身体却自己动了起来，他从包里拿出老赵送给他的回光返照药，扎在了自己的身上。武爷屏住呼吸，认真感受着药物带来的反应，世界似乎在这一刻安静了下来。他的心脏用力地跳动，向全身传递汹涌的力量，头皮一下子绷紧了，身上感受到一股恶心的感觉。

武爷并不适应这样的感觉，身体仿佛有使不完的力气，好像那就是年轻的感觉。眼看小郭准备再次出发，武爷的身体赶在大脑思考之前冲了出去。

"小郭，这一次，咱们爷俩儿一起，一定就成了！"

武爷说得开心，信心满满，小郭也是热血沸腾，当下喊道："好！"

只见两人再次在树林里穿梭，时不时地听到武爷爽朗的笑声，两人再次突破树林的边缘，武爷在前，小郭在后，只听武爷大喊：

"小郭，你什么也不要管，只管飞跃！"

小郭虽不明白在空中如何飞跃，但还是相信武爷。就在两人飞出树林的那一刻，武爷没有选择尝试飞越高塔，他的目标是塔顶下方的五米处。只见武老头儿双手一勾，以一个漂亮的姿势挂在房檐上，他回过头看小郭，小郭的眼神死死盯着塔顶。

"很好！就这样死死咬住目标！"

眼看小郭就要从武爷上方飞过，武爷用力一跳，在空中翻转身子，在小郭就要飞跃至最高处时，武爷用双脚，抵住小郭的双脚，拼命地一蹬！小郭也在此时，借着武爷的力气，向上直冲！

与其相反，武爷却朝着地面快速坠落，他用尽最后一丝力气将身子翻正，背朝着大地，用力将眼睛睁得大大的，看着向上飞跃的小郭，他要将小郭的胜利看在眼里记在心里。

凭什么要输？哪怕耗尽我的生命，我也要拼尽全力帮助你登顶，你一定要相信自己，我也相信你的未来还有很长很长！哪怕这是我生命里的最后一件事。

必胜！

必胜！

哪怕耗尽生命最后一秒，你也要看见胜利！

必胜！命运要掌握在自己手里！

武爷心里默念着必胜，只是武爷喊不出来了。

小郭一愣，他已然成功跨越了高塔，看到了塔尖的风景。

他只感觉心脏用力地跳动，仿佛获得新生一般，从未有过这样强烈的感觉，那是历经困难、突破极限、打破不可能的感觉，他终于成功了，他终于帮助武爷获得了胜利！他赶紧向上一指，只见一条激光光束从手指发射而出，在夜空中爆开，呈现出绚烂的烟花。沸腾的观众出现一阵骚动！喜庆的音乐瞬间响彻夜空，五彩烟花也从四周向天空中发射，庆祝这一胜利时刻。

小郭赶紧低头去看武爷，想要分享这一刻的喜悦，他却忽然愣住，他看到急救人员乘坐飞行器接住了武爷。他突然反应过来，刚刚脚下那用力一蹬，那便是武爷，他在空中托举了小郭，帮助他飞越了所有科技都断定不可能完成的高塔之顶。

他只感觉大脑一片空白，身体随着设定好的程序，缓缓降落。等到他落地之时，只见远处医护人员在对武爷进行急救，身旁还有老熊和老赵，天上的烟花仍在燃放，远处兴奋的人们在举杯为二人的胜利欢呼雀跃。

小郭一步一步走到武爷身边，每走一步，胸腔里涌动着一团热血要喷出的感觉；每走一步，内心对武爷强烈关切的情感便增加一分。他在内心一遍遍地告诉自己：只有这一次，只有这一次，千万不要哭。

看到武爷时，只见他眼睛睁得大大的，眼神坚毅，眉毛和胡子根根分明，像是蕴含了无穷的力量一般，爹了起来，一副武爷平时吹胡子瞪眼的模样，只是嘴角像是在笑。

"咚咚！"

"咚咚！"

那是小郭心脏传出来的声音。

小郭看着武爷的脸，他没有哭，他从武爷身上感受到了一股力量，他的心脏要一直强而有力地跳动，他知道接下来的日子，他的灵魂一刻都不会停歇。

我要成为武爷那样，顶天立地、不服输的男人。

小郭按照遗嘱，妥善安排了武铭的后事。

几年过去，预言时间到了，小郭并没有像传言般消失，他创造了生存奇迹，依然健康地活着。

他时常想起武爷，学着武爷行侠仗义。他变得爱憎分明，豁达开朗，有棱有角，一身正气。

他知道，这世界上有两个人掌握了命运密码，一个是自己，另一个是武爷——武铭。

几年后，小郭实现了自己的梦想，成为一名刑警，加入了"第七机动队"，依靠相信的力量屡立战功，这是后话了。

后记

为"四不青年"探寻生命密码

刘汉霖

　　如何解锁"青年人的迷茫",是我创作这部小说想尝试探讨的议题。我身边许多朋友都有过悲观情绪,其中很多人言语之中流露出好像二十出头人生就已经走到了尽头,甚至有一些正在上学的青少年,因为感觉学业压力大,或者原生家庭问题比较多、"社恐"等各种原因都有,觉得活着没意思。包括我在内,有时也会感觉生活缺乏激情。我们的未来不是一场梦又是什么呢?

　　我在《2085》故事人物设定中,试图塑造两个典型人物:武铭和小郭。武铭代表长大后的"00后"一代人,他的妻子去世后,因为没有子嗣,完全依靠机器人护工养老,他的身上还保留着上一辈传承下来的一些人味。而消失的小郭,则代表逃避现实颓废的年轻人,他像机器人一样活着,他的身上有我们今天年轻人愤世厌世的一些心理。我想通过塑造这两个人的命运，写一部反映当代青年人生存现状的科幻小说，跳出当下，在拉长的时间空间中再回望当下，在科技急速发展的未来世界，思考"生命对于人类究竟意味着什么"这个古老的话题。我是"95后"，我们是互联网时代的土著居民，我们在虚拟与现实交织的世界中长大，对未来世界，我们更关心衣食住行、吃喝玩乐这些与我们生存密切相关的问题。《2085》给了我这个想象空间。

诚然，由于科技迅猛发展，目前我们的生活中充满了提供多巴胺的各种设备，使得大脑长期处于疲惫状态，继而在频繁的、碎片化的刺激之下变得有些麻木。人们已经很难静下心来持续做一件事，我们看视频已经习惯使用倍速播放，电视剧拖沓的故事情节很难入眼，代之兴起的微短剧大行其道，甚至几秒钟之内如果不出现"爽点"，将很难留住观众。视频平台的"完播率"越来越低，各种快餐文化盛行，算法推荐造成的信息茧房让人无力反抗情绪诱惑。提供"情绪价值"成为各类科技产品实现"价值变现"的首要目标。而可怜的人们，毫无抵抗能力，只能寄希望于科技向善改变未来。而我，希望通过艺术作品让大家的灵魂找到安放之处，更希望未来的科技产品能够朝着更有利于使用者身心健康的方向引导，减少由不良科技产品带来的焦虑情绪。

幻想未来科技造福美好生活、探索信念的力量、传承人性光辉，是我想写《2085》的原因。

《2085》中写的武铭八十五岁那年面临的养老问题，我的灵感来自姥爷。我是幸运的、幸福的，能在姥爷最后的几年里和母亲、小姨陪在他身边。姥爷惜字如金，我不善言辞，我很想知道他在想什么，他有什么心愿还没实现，我想帮他完成所有的心愿。在姥姥、小姨和母亲的激发下，我成功地采访了姥爷。那天，姥爷从来没有说过那么多话，他越说越兴奋，讲起他以前的故事，他一个人在父母早逝的童年，如何一步步成长为一名师范学院的学生、如何被特招进入部队、如何成为一名五好战士、如何与姥姥相识结婚、如何成为单位特殊贡献者等等。我也在访谈中得知，为什么姥爷年年都是单位的先进工作者，为什么姥爷走时，单位写的生平事迹给予那么高的评价，同事、战友写的诗词、祝福那么真挚动情。姥爷代表了他们那个时代的价值观：做个好人，抒写好学生、好战士、好员工、好丈夫、好父亲、好爷爷的无悔人生。

我从小在姥姥姥爷身边长大，我们这一代人很多都是隔代亲，父母忙事业，没有更多时间管我们，姥爷和许多长辈身上有我和许多同龄人身上缺少的韧性，在我看来那是人性的光辉，有生物战胜环境的美感。我不认为这是艰苦条件下塑造出的品质，我相信这是灵魂的力量，因为艰苦环境下，不是所有人都能获得"好丈夫""好父亲""好同志"的头衔。但我认为解锁灵魂的力量，需要契机，蜜糖般甜蜜的生活，如再缺乏引导，寻找成长的契机可能就会困难些。古今中外，历史的传承断了又断，但人性的光辉在不同时代闪耀。更舒适、更方便的生活是社会发展的趋势，在未来更幸福的生活中，我们还需要韧性吗？如果是，该如何解锁命运的密码呢？我想最可靠的方法就是回到家里，研究长辈那压不弯的脊梁、无私托举下一代的力量源泉。

《2085》中写到科技养老、社恐"宅心理"、无限自由的"分身术"、良渚区区长王秉怀设计的"未来之城"等等，都来自我对未来生活真实需求的幻想。首先是幻想未来的生活，中国老年人已近三亿人，养老问题成为社会最关注的问题。科技养老这部分源自人类最直接的需求。照顾姥爷时，我就常常幻想：床该怎么设计能让他更舒服？饮食上到底该怎么吃更科学？什么样的娱乐活动能让他开心？衣服怎样穿脱方便？身体能不能自我调节温度……这些问题问到姥爷那里，他总是说："咋样都行。"妈妈和小姨想方设法改造床、换不同材质的衣服、跟着电视学食补，试图快速成长为"全知全才"，可哪里会那么容易？我认为这方面是科技的不足，在未来，有一个既懂自己又懂世界的 AI 助手，或许就不一样了，于是我在故事中设计了一个 AI 助手小迪，他像小精灵一样寸步不离伴随在武铭身边，随时为他提供各种生活所需个性化建议和帮助。

如今，"95后""00后"越来越多出现"四不青年"：不恋爱、不结婚、不买房、不生育。我曾问过一位"00后"朋友："如果咱们都不结婚、不生孩子，以后走了谁给咱们烧纸啊？"她是理科生，立刻给了我两个可行性方案："嗯……首先我们现在可以多给长辈烧纸，让他们成为大富豪，等咱们下去了直接去啃老；又或者可以到时候买一个机器人之类的，每年定时烧。"按照这个逻辑，我认为可行，毕竟车到山前必有路，但恐怕最难的是如何解决老人的孤单和走时的尊严。《2085》所设想的，AI和未来经济环境下的护工是心灵陪伴关系，尊严则需要一个"天命系统"了，一个能计算人剩余时间的模型，让我们每个人都能从容安排好自己的后事，不留遗憾。

知晓自己生命倒计时，就好比摸到了掌握命运的密码，如何战胜命运则是难题。我认为许多问题科技能解决一半，另一半需要人去解决。科技可以让人飞翔，但人需要赋予飞翔意义。我因此设计了一老一小，以"天命系统"作为桥梁，用科技为他们提供战胜命运的武器，使得灵魂的力量传承下去。

一老一小的人物设定、曲折的情节设置，我最初最想表达的则是传承。现在的青年人需要得到老一辈的鼓励和帮助。我在创作中得到许多长辈、老师对我无私的帮助，是我最大的灵感。年轻一代因老一代的提携而成长，小郭因为武铭的帮助走出困境，或者应该说，人类在一代代的传承中才能走向更光明的未来。

图书在版编目（CIP）数据

2085 / 刘汉霖著. -- 北京：作家出版社，2025.
7. -- ISBN 978-7-5212-3568-5

Ⅰ. I247.5

中国国家版本馆 CIP 数据核字第 2025DU6913 号

2085

作　　者：刘汉霖
责任编辑：丁文梅
装帧设计：完若刚
出版发行：作家出版社有限公司
社　　址：北京农展馆南里 10 号　　邮　　编：100125
电话传真：86-10-65067186（发行中心）
　　　　　86-10-65004079（总编室）
E-mail:zuojia @ zuojia.net.cn
http://www.zuojiachubanshe.com
印　　刷：唐山嘉德印刷有限公司
成品尺寸：142 × 210
字　　数：102 千
印　　张：5.625
版　　次：2025 年 7 月第 1 版
印　　次：2025 年 7 月第 1 次印刷
ISBN　978-7-5212-3568-5
定　　价：46.00 元